As pernas da MENTIRA

Editora Appris Ltda.
1.ª Edição - Copyright© 2025 do autor
Direitos de Edição Reservados à Editora Appris Ltda.

Nenhuma parte desta obra poderá ser utilizada indevidamente, sem estar de acordo com a Lei nº 9.610/98. Se incorreções forem encontradas, serão de exclusiva responsabilidade de seus organizadores. Foi realizado o Depósito Legal na Fundação Biblioteca Nacional, de acordo com as Leis nos 10.994, de 14/12/2004, e 12.192, de 14/01/2010.

Catalogação na Fonte
Elaborado por: Josefina A. S. Guedes
Bibliotecária CRB 9/870

	Scoz, Wilmar
S432p	As pernas da mentira / Wilmar Scoz. – 1. ed. – Curitiba: Appris:
2025	Artêra, 2025.
	195 p. ; 21 cm.
	ISBN 978-65-250-7632-4
	1. Ficção brasileira. 2. Amor. 3. Traição. I. Título.
	CDD – B869.3

Appris
editora

Editora e Livraria Appris Ltda.
Av. Manoel Ribas, 2265 – Mercês
Curitiba/PR – CEP: 80810-002
Tel. (41) 3156 - 4731
www.editoraappris.com.br

Printed in Brazil
Impresso no Brasil

Wilmar Scoz

As pernas da MENTIRA

Curitiba, PR
2024

FICHA TÉCNICA

EDITORIAL Augusto V. de A. Coelho
Sara C. de Andrade Coelho

COMITÊ EDITORIAL Ana El Achkar (Universo/RJ)
Andréa Barbosa Gouveia (UFPR)
Jacques de Lima Ferreira (UNOESC)
Marília Andrade Torales Campos (UFPR)
Patrícia L. Torres (PUCPR)
Roberta Ecleide Kelly (NEPE)
Toni Reis (UP)

CONSULTORES Luiz Carlos Oliveira
Maria Tereza R. Pahl
Marli C. de Andrade

SUPERVISORA EDITORIAL Renata C. Lopes

PRODUÇÃO EDITORIAL Adrielli de Almeida

REVISÃO Camila Dias Manoel

DIAGRAMAÇÃO Camila Dias Manoel

CAPA Kananda Ferreira

REVISÃO DE PROVA Daniela Nazario

O amor é um jogo emocionante, que pode nos trazer muitas alegrias,
mas depende das ferramentas a serem usadas.

Não há como escapar do passado,
visto que sempre tem seu peso numa relação que há de durar.

Interpretações emotivas, num relacionamento,
podem abrir caminho para ações que nem sequer imaginamos.

"Da ordem pessoal surge o belo e a solidez no amor".

(WILMAR SCOZ)

APRESENTAÇÃO

Você, leitor, que corre os olhos sobre estas palavras, é meu convidado. O motivo do livro é um casal morador de Petrópolis, Tewal e Jaquel, que vivia muito bem, até que a esposa parte de viagem a Chicago, o que dá origem a uma traição incomum. Os acontecimentos que se sucedem, intrigantes, trazem à superfície temas que despertam para o genuíno amor, o qual tem por essência a escuta e o perdão.

Cabe a você se envolver com a leitura para saber do mistério que leva ao título *As pernas da mentira*.

SUMÁRIO

CAPÍTULO 1 11

CAPÍTULO 2 20

CAPÍTULO 3 30

CAPÍTULO 4 42

CAPÍTULO 5 54

CAPÍTULO 6 69

CAPÍTULO 7 82

CAPÍTULO 8 92

CAPÍTULO 9 104

CAPÍTULO 10 115

CAPÍTULO 11 128

CAPÍTULO 12 144

CAPÍTULO 13 155

CAPÍTULO 14 170

CAPÍTULO 15 183

CAPÍTULO 1

O amanhecer no estado do Rio de Janeiro estava lindo: ótimo para se viajar. Jaquel acertara em escolher aquele dia para visitar sua irmã em Chicago. Seria sua primeira viagem para o exterior. Por isso estava bem animada, ultimando os preparativos para sua partida. Enquanto isso, Tewal, o marido, encontrava-se à mesa da cozinha tomando seu café matinal, de bermuda e camiseta. Dali a pouco, Tewal saiu na direção do quarto empunhando uma xícara de café. Escorou-se na porta e fica a admirar a mulher. Jaquel estava em uma camiseta e calça jeans de cintura alta.

— Está pronta, querida?

Sentada em frente ao espelho da penteadeira, Jaquel deu os últimos retoques com movimentos acelerados, pois o tempo está se esgotando mais depressa do que imaginara. Ao responder, nem sequer teve tempo de se virar para ele.

— Estou praticamente pronta, querido. Ah! Chame Céli para mim. Como ela já está acostumada a viajar, poderá verificar nas minhas coisas se não estou esquecendo nada.

Céli era mineira, nas folgas e férias, sempre viajava. Trabalhava na casa há mais de dois anos. Já fazia parte família.

— Você sabe como são as mulheres: enchem-se de bagagem. Diferentemente dos homens.

— Com tanta bagagem, não creio que ainda falte algo — disse Tewal, brincando.

— Deixe de zombaria e apresse-se — retrucou ela, fazendo-lhe uma careta, ao que ele sorriu.

Nos instantes seguintes, tudo pronto, o motor da caminhoneta foi acionado. Em poucos minutos, o veículo deixou a estrada de chão, passando a rodar sobre a avenida.

À medida que se afastavam do lar, localizado no interior de Petrópolis, Jaquel passou a sentir aquela sensação de vazio característica de quando se parte para longe da pessoa querida. Começava a sentir saudades de tudo que deixaria para trás por um período de um mês. Lembranças lhe vinham à mente. Cada trecho do caminho ganhava significado especial. Até parecia que sua ida não teria volta.

Tewal, ao volante, ficou a imaginar como poderia suportar tanto tempo longe de sua amada esposa. Planejava mentalmente o que faria para preencher o espaço deixado por ela em sua rotina. Dentro do seu peito, formava-se a solidão. Sofria antes da partida dela.

Chegando ao Aeroporto do Galeão, precisaram apressar os passos. Demoraram mais do que imaginavam no trajeto.

— Cuide-se, querida. Eu a amo muito. Você ficou ainda mais linda com o cabelo com luzes.

— Obrigada. Pode deixar, saberei me cuidar. Também o amo muito, querido.

Quando se afastaram, passaram a sentir a dureza da real separação de uma despedida. O calor do abraço foi se esvaindo e o frio da distância tomando seu lugar. Nunca haviam estado em situação parecida. Desde o casamento, sempre se mantiveram juntos; jamais permaneceram distantes por mais de um dia.

Quando se acenaram à distância, sob a força da emoção, Tewal sentiu o impulso de gritar para que ela voltasse; desistisse da viagem. Mas a mente lhe dizia que ela merecia o passeio. Ele próprio lhe prometera que a deixaria passear; sonho que há muito alimentava. Não poderia voltar atrás. Ele a decepcionaria.

Tewal ficou a esperar até que a aeronave sumisse, para então se retirar. Ao volante da caminhoneta, ao voltar ao lar, deixou que sua mente se perdesse no passado, quando a viu pela primeira vez. Era um recurso usado pelo intelecto para compensar o vazio deixado por Jaquel.

Abriu um leve sorriso ao recordar o dia em que a conheceu. Estava de vestido colorido e cabelo escuro, amarrado, quando corria para chegar ao ônibus. Mas o perdeu. Esbravejava, muito irada. No momento, Tewal aguardava para abrir o sinal na rua ao lado. Pela reação dela, deduziu que devia ter um compromisso importante para agir daquela maneira. Encostou o carro em frente ao ponto e se dirigiu a ela.

— Acho que está nervosa porque não quer chegar tarde ao compromisso, não é? — falou-lhe, ignorando os presentes. — Aceita uma carona?

Os olhos que estavam pregados na direção dos veículos se voltaram para ele; permaneceram por instantes em estática para depois fugirem para a estrada. Mas gostou do que viu. Embora envergonhada, voltou a fitá-lo.

— Não há necessidade — respondeu, nervosa.

— Claro que sim. Vi sua reação ao perder a condução. Venha. Eu a deixarei no devido lugar.

Sendo de família tradicional, seguia os conselhos dos pais. Dentre tantos, encontrava-se o de ter cautela com estranhos. Mais amadurecida por atuar no campo da publicidade, lidando sempre com pessoas, sabia que deveria usar também de seus próprios critérios. Neste caso o coração pesou.

— Por favor, aceite — quase que suplicou.

Diante da insistência, Jaquel teve de mirar os olhos dele para ver-lhe a sinceridade. Quando o fez, o olhar se perdeu na admiração daqueles olhos verdes, embora de corpo não atlético. Sentiu-se inclinada pela sensação gostosa que evaporava do peito, a segui-lo. Os conselhos e critérios foram para a lixeira do esquecimento.

— Pode ser — acabou emitindo, fugindo do olhar dele.

Sentada ao lado de Tewal, passou a examiná-lo de esguelha. No exame, percebeu-o interessante. "Seria ele o homem dos sonhos que vinha alimentando?", ocorreu-lhe. Se concentrou nos atributos dele, como os cabelos escuros, altura acima da sua. Mas a simplicidade e naturalidade condizia com a vida que ela levava. Era o homem que casava com seu modo de ser. Perfeito.

Quanto a Tewal, o que o encantou foi o jeito natural de ser dela. Viu-a sem a fachada de boazinha. No entanto, foi induzido a aperceber-lhe os lábios suavemente arroxeados, atiçando para o beijo; cabelos castanhos descendo sobre os ombros, e rosto quase que triangular. Sentiu a força de atração que vinha daquela bela mulher. Que dia!

Ainda sob o efeito das impagáveis lembranças, Tewal não se concentrava no que via. O que seus olhos viam sua mente não discernia com precisão. O raciocínio estava nebuloso. Mirava, pelo retrovisor, um motoqueiro fazendo o mesmo trajeto, porém sem atinar para algo suspeito. Foi somente quando entrou pelo último caminho de chão que despertou para a realidade do movimento. Querendo saber de quem se tratava, inclinou-se para perto do espelho. Apertou os olhos para encontrar algum indício que revelasse a identidade do motoqueiro. Nada. O motoqueiro se encontrava bem escondido no traje de proteção. Quem poderia ser? Um cobrador? Logo saberia.

Deixara de pensar no assunto justamente quando fazia a curva mais acentuada do trajeto. Do lado direito havia um barranco que se elevava a uma altura considerável, coberto de árvores e arbustos. Não havia como ter uma visão do que vinha logo depois. Ao vencer a curva, deparou-se com um carro colocado estrategicamente para lhe bloquear a passagem. Teve de frear bruscamente. Apavorou-se. Espiou pelo retrovisor o motoqueiro estacionando logo atrás. Estava enrascado.

De repente, dois homens deixam o carro empunhando armas. Usavam óculos escuros e chapéu. Bem avantajados fisicamente, pararam em frente ao carro, enquanto o motoqueiro se aproximava.

— Saia do carro — ordenou o motoqueiro, empunhando a arma.

Tremendo, Tewal obedientemente o fez.

— Podem levar tudo — disse, com voz entrecortada pelo medo.

— Não somos assaltantes — esclareceu. — O que pretendemos é bem diferente.

Ao saber não se tratar de assalto, Tewal temeu que poderia ter relação com Jaquel. Queria lhe perguntar, mas a prudência o impediu de mencionar sua amada esposa. Talvez nada tivesse a ver com ela. Melhor seria esperar o que se sucederia.

— Estamos aqui por uma causa nobre: nossa irmã. Ela deseja realizar um sonho com você. É algo particular.

— Um sonho?! — esboçou, atônito. — Mas que tipo de sonho é esse?

— Ela o deseja e quer ter um momento com você. Na verdade, estou falando de um caso.

Tewal espantou-se. Não podia ser verdade. Nunca poderia ter imaginado isso.

— Não posso. Sou um homem bem casado com a mulher que amo muito. Procurem uma pessoa livre.

— Só que isso não é possível. É a você que ela quer. Não há alternativa.

— Mas por que eu?

--- Ela é, por assim dizer, sua fã. Lembra-se de quando você tocava na banda do seu bairro? Pois bem, ela o conhece de lá. Desde que o viu, naquele tempo, não mais o esqueceu. Por ser uma pessoa tímida, nunca se revelou a você. Nós, os irmãos dela, não sabíamos desse sonho dela. Há pouco tomamos conhecimento desse desejo, por meio de uma amiga dela. Estamos lhe pedindo numa boa.

— E se eu não o fizer? — arriscou perguntar, sabendo que haveria coação.

— Havíamos pensado nisso. Por essa razão, um de nós está seguindo sua esposa em cada passo para Chicago. Se não colaborar, algum mal acontecerá. Você a ama muito, não é?! O que pedimos não será muito difícil de realizar. Além de evitar danos a sua amada esposa, satisfará uma pessoa que o admira muito e para quem resta pouco tempo de vida.

Tewal intrigou-se mentalmente com as palavras "resta pouco tempo de vida".

— Ela está doente?

— Ela tem câncer. Não dá para ver; é na cabeça. O tempo de vida é de alguns meses.

— Por que ela não veio falar diretamente comigo?

— Certamente que você se negaria a atendê-la. Ela não sabe o que nós, os irmãos, estamos fazendo. Mandamos lhe dizer, por intermédio da amiga da qual falamos há pouco, que você demonstrou interesse em ter um caso com ela. Portanto, não poderá revelar esse plano nosso. Terá que agir normalmente. Não faça perguntas, não demonstre repúdio, ou algo de negativo. Dê a ela dignidade por meio do amor e do prazer. Comporte-se como um verdadeiro amante.

— Mas é loucura! — murmurou, aflito.

— Loucura será não agir de acordo com nossas instruções. Quando tudo voltar ao normal, não poderá abrir a boca a ninguém sobre o encontro. É bom que sua esposa não saiba. Ainda, minha irmã é casada com um homem bem abastado, que tem poder. Se ele souber que teve um caso com a esposa dele, ele se vingará. Você e nossa irmã se encontrarão num hotel fora da cidade. Terá que ser logo, pois sabemos da rotina do marido dela.

Tewal teve que inspirar fundo para se aliviar da tensão e raciocinar melhor. Com o pensamento embaralhado, ao refletir na pobre mulher, de encontro com o amor à esposa, sem ter escolha.

— Agora vá para casa e arrume-se para o encontro. Ficaremos aqui aguardando. Não demore. Nada de telefone. Tem empregada?

— Sim.

— Então, bico calado. Não terá tempo para agir.

Sem ter opção, Tewal seguiu para casa sem se pronunciar.

Mesmo não vendo saída para sua situação, Tewal tentou encontrar. Não lhe restava opção a não ser se entregar, cumprindo o desejo da mulher desconhecida. Temia que a esposa pudesse ficar sabendo da traição. Mas o que poderia fazer? Nada. Tinha que contar com a sorte, quando saísse dessa enrascada.

Em curto espaço de tempo, Tewal aparece pronto para o compromisso. Os que estavam de carro, embarcam e somem. Já o motoqueiro ficou para guiá-lo ao destino.

Ao chegarem ao local, um prédio antigo de dois andares, situado numa estrada estreita, com pouco movimento, o motoqueiro aproximou-se para lhe falar.

— Você terá que subir ao segundo andar e se dirigir ao quarto de número 4.

— Qual o nome dela?

— Joellen...

Mas, antes de se afastar, lembrou-lhe:

— Faça tudo conforme combinado, que nada de mal lhe faremos e nem à sua esposa. Logo estará de volta à rotina. Boa sorte, amigo.

O motoqueiro se afastou. Tewal olhou para o edifício antes de dar os passos em direção ao interior. Ao alcançar o segundo andar, correu os olhos na numeração, encontrando o apartamento 4 no fim do corredor. Chegando à frente da porta, parou revisando a situação. Tinha que continuar. O suor passou a correr sobre a pele. A incerteza do que encontraria o fazia tremer. Lembrou-se de Jaquel e lhe pediu perdão, mentalmente. Respirou fundo, para logo bater à porta.

A maçaneta fez seu rangido e a porta foi aberta. Para a surpresa de Tewal, surge a figura de uma linda mulher. Desfez o que a imaginação lhe pregou: uma mulher triste, decaída, sem beleza alguma; mal-humorada e careca ou com uma toca lhe cobrindo a cabeça. Havia contornos sadios, pelo que pôde divisar, cabelos loiros, belo rosto, embora um tanto embranquecido; provavelmente devido à situação, concluiu.

— Entre, por favor — convidou-o, com voz quase rouca, mas com tom sensual.

Ao entrar, Tewal foi induzido a se acomodar no sofá. Ela preferiu ficar em pé, dentro de um vestido leve, colocando à mostra belas pernas.

— Sempre me imaginei um dia estar com você e o amar — expressou, com sentimento. — Relaxe. O que quer beber? Cerveja, uísque ou outra coisa?

— Nada... Não, melhor: uísque!

— Vou preparar.

Enquanto ela preparava a dose, ficou observando a bolsa sobre a mesa e ao lado uma quantia de remédios. Olhou para ela, que estava de costas, com atenção, admirando-lhe o corpo bem alinhado, sensual. Que pena ter pouco tempo de vida! Poderia ser feliz... "Mas com quem, se me deseja?" Que incógnita!

— Aqui está — disse-lhe, tirando-o do raciocínio. — Eu não posso tomar nada disso, por causa dos remédios. — E apontou para a mesa.

— Você é bonita. Mais do que imaginava. Como pode...

— Deixe isso para lá. Vamos nos concentrar em coisas boas, prazerosas. Mas sei o que imaginava: uma mulher no fundo de uma cama, cheirando a remédios, pálida e careca. Mas careca sou. — E tirou a peruca. — Sou assim, na realidade.

— Sei. A quimioterapia tem efeitos negativos. Nunca vi uma mulher linda nessa situação.

— Não quero partir, morrer feia. Poderia seguir com tratamentos para estender minha vida, mas isso só me deixaria em situação degradante. As pessoas teriam pena de mim. Não quero isso. Quero finalizar minha vida da melhor forma possível. Meu ponto alto é ter você na minha cama. Depois nada importa.

— É muita coragem! — pronunciou, admirado com o posicionamento dela.

— Bem, é melhor não ir mais adiante sobre isso. Quero usufruir ao máximo sua companhia.

A isso, ela se inclinou para pousar seus lábios sobre os dele. Tewal correspondeu, mesmo que inicialmente hesitasse, com ternura. A partir de então, não teria mais volta.

Duas horas depois, Tewal deixa o quarto. O semblante denunciava as consequências do que fez. Traíra sua esposa, a esposa amada. A pureza do casamento se foi embora. Trincou a relação. Sua consciência não mais lhe permitia ser natural; não teria como apagar a mancha que se formou no íntimo.

Constantemente se punha a justificar, mentalmente, o que fizera: se não cedesse, sua amada esposa sofreria consequências. Até esse ponto, culpa e desculpa quase que empatavam. No entanto, lá no quarto, sentiu-se atraído; acabou se envolvendo, sendo levado pela emoção. Acabou gostando. Queria mais. De uma faísca, acabou se incendiando.

De volta à casa, entrou apressado para não esbarrar com a doméstica. Não funcionou. Ela está nas proximidades do quarto do casal.

— Achei que viria para o almoço.

— Infelizmente tive contratempos no trânsito. Lanchei num bar. Deixe para a noite.

Passou meia hora no quarto, sendo incomodado pela mente. Preferiu sair e se encontrar com amigos da banda de Rock. Estava de folga mesmo. O tempo e a distração o ajudariam a vencer os ataques que vinham do íntimo.

CAPÍTULO 2

O mês de férias de Jaquel passou rapidamente. Quando viu, já estava retornando ao Brasil. Rápido, pois ocupara-se, de propósito, com muitas atividades; muito mais quando passou a sentir saudades de Tewal. Teve vontade de retornar antes do tempo determinado. Isso ficou evidente quando da chegada ao aeroporto. Atirou-se nos braços dele, beijando-o com intensidade que chamou a atenção dos transeuntes. Voltava à rotina da gostosa vida familiar. À noite, haveria a segunda lua de mel.

*

Transcorridos alguns dias, de volta ao trabalho na agência de publicidade Estelar, Jaquel não se sentia bem. No entanto, esforçou-se para permanecer no trabalho. Amava o que fazia, embora não lhe trouxesse o retorno que esperava. Ainda bem que o marido ganhava mais do que o suficiente como gerente de banco. Nesse dia não foi para casa almoçar. Preferiu um lanche.

No início da tarde, voltou a se sentir mal. Só que, desta vez, o mal--estar veio acompanhado de tonturas e forte dor de cabeça. Os colegas de trabalho queriam levá-la para uma consulta médica, e ela se negou veementemente. O patrão recomendou que fosse para casa descansar. Mas era preciso que alguém a acompanhasse. Designou uma funcionária para conduzi-la. Desta vez aceitou.

Ao chegar ao lar, entrou no quarto e tombou sobre a cama. Pediu a Céli que lhe trouxesse um comprimido para dor de cabeça e água. Pôs-se a relaxar e dormiu.

Uma hora depois, acorda. Estava bem melhor. Optou por tomar um café. Precisava se revitalizar. O celular tocou

— Quem é? — indagou a voz do outro lado da linha.

— Jaquel. E você?

Não obteve resposta. O telefone emudeceu.

Jaquel achou estranho. A mente acionou o dispositivo de desconfiança. Por que desligou, sem nada dizer? Ainda mais por se tratar de uma voz feminina. Não era uma voz comum. Tinha sensualidade. Esquisito. Isso depois de ter viajado para Chicago. Teria Tewal se envolvido com outra mulher? Pelo que o conhecia, não. "Ou seria produto da imaginação, por ter ficado um mês distante?", pensou. Certamente. Como podia a mente ir tão longe? No entanto, qualquer outro ponto obscuro criaria, sem dúvida, asas para a desconfiança.

Antes de Jaquel conhecê-lo, Tewal tivera muitas namoradas. Até certo ponto, era compreensível, por ser filho de um casal bem afortunado. Muitas se aproximavam com segundas intenções: não por amor. Tewal queria um relacionamento sincero, tanto que não ficou na dependência da família. Lutou para chegar à posição em que estava.

O relacionamento mais duradouro foi com Janir, a secretária do pai, não porque gostasse dela, mas por conveniência, visto que atravessava uma situação bastante perturbadora. Passou a carregar a culpa pela morte da mãe. Encontrou em Janir o esteio que de que precisava no momento.

O episódio triste aconteceu justamente no início do relacionamento com Janir. Num sábado de manhã, tinha por responsabilidade levar a mãe até o aeroporto. Isso bem cedo. Mas Tewal não estava em condições de dirigir. Os olhos pediam sono. Havia se deitado tarde na noite anterior e bebido acima da média, em companhia de Janir. Para piorar, chovia fino e havia movimento intenso. Tragicamente, a mãe veio a falecer quando o carro colidiu com outro num cruzamento.

O acidente lhe trouxe consequências: passou a se condenar; a se ver como assassino. Mas não ficou só nisso. O pai, inconformado pela perda da esposa, o expulsou de casa. Não queria vê-lo debaixo do mesmo teto. Não havia mais ninguém a não ser Janir para o acolher e consolar. De fato, ela foi-lhe muito útil. No entanto, ao se recuperar, a situação entre o par se tornou insustentável. De comum acordo, deixaram-se.

Depois desse infortúnio, Tewal mudou completamente. Deixara a boemia e as mulheres, passando a viver solitariamente. A partir de então, passou a organizar sua vida. Sem o auxílio do pai, labutou para ter seu próprio sustento e progredir. Deu continuidade aos estudos, conseguiu uma vaga numa agência bancária, perto de onde residia, evoluindo rapidamente. No dia em que conheceu Jaquel, dirigia-se ao trabalho.

Jaquel, ao saber do histórico dele durante o namoro, viu que o isolamento de Tewal lhe trouxera amadurecimento ao lhe possibilitar que repensasse sua vida. Acreditou que tal situação resultou em bênção para ela, apesar da morte da mãe dele.

Depois do primeiro encontro, a relação entre eles foi ganhando solidez. Nem mesmo o fato incômodo de que ela não conseguia engravidar se tornou obstáculo para uma feliz vida a dois. Mas a esperança e luta para gerarem um herdeiro continuava firme.

Todo esse retrospecto dava garantias à Jaquel de que ele não deslizaria em sua lealdade para com ela. Lembrando-se de outros casos, sabia que a mente ocasionalmente constrói situações que não casam com a realidade, provocando intrigas, atiçando ciúmes, incitando desconfiança. Não, não cairia nessa. Não há nada de concreto para duvidar do marido, a quem muito amava.

Envolvida em pensamentos, ouviu o ruído de um carro. Pelo ronco do motor, atinou que se tratava do pai. Correu para confirmar. Estava certa. Preocupou-se ao notar-lhe o rosto abatido.

— O que foi, pai?

— Nada de grave — respondeu Licemar, homem barbudo e magrinho, em tom sério. — Não precisa se preocupar, filha. Apenas vim avisá-la de que sua mãe está internada.

— O que houve com ela? — indagou, com intensa preocupação. — Fale a verdade. Não fique escondendo nada de mim para me proteger da preocupação.

— Ela teve uma daquelas crises... Sabe como é sua mãe: tem de tudo. Teve arritmia e depois entrou em pânico. Só que desta vez foi mais grave. Aconteceu quando descia as escadas. Estava nervosa.

— Ah, meu Deus! E ela se machucou muito?

— Sofreu algumas lesões pelo corpo. Teve sorte, apesar de tudo. Você sabe que ela é teimosa, não ouve. Sabe que não deve descer aquela escada. Mas é só darmos às costas que ela se aproveita para se aventurar. Parece criança.

— É melhor colocar uma porta e trancá-la toda vez que sair de perto dela. Só assim para controlá-la. Pelo menos até melhorar.

— É o que terei que fazer. Senão, vai se matar. A pressão subiu demais. O médico alertou que, se ela não se cuidar, poderá sofrer um infarto; algo desse tipo. Já andou beirando esse perigo.

Não se contendo, Jaquel começou a chorar. Não podia conceber a ideia de perder a mãe. Via Janete, ainda muito nova, mesmo na casa dos sessenta e cinco anos. Porém a mãe não se importava com a própria saúde. O que podia fazer?!

— Espere um pouco, pai. Vou me trocar e já volto. Irei com você ao hospital.

— Vá com calma, filha — recomendou amorosamente, ao vê-la aflita. — Esperarei pelo tempo que precisar.

Mas Jaquel já havia desaparecido, de tanta pressa.

Ao chegarem ao hospital, Jaquel tomou a frente ao abrir a porta do quarto com cuidado para não fazer barulho. Do lado da cama, uma enfermeira. Aproximaram-se.

— É melhor não a acordarem — avisou a enfermeira, com severidade. — Ela precisa descansar.

— Pode deixar — garantiu Jaquel.

— Sua mãe também precisa emagrecer... — recomendou a enfermeira.

— Já tentamos convencê-la, mas até agora não surtiu efeito — explicou Licemar, desesperançoso.

— Fale baixo, pai.

— Já terminei

— Vai passar a noite com ela, pai?

— Vou.

— Então amanhã eu cuidarei dela.

A porta do quarto foi aberta, surgindo a figura de Tewal. Jaquel se lançou nos braços dele.

*

No dia seguinte, Jaquel, depois de atender um cliente, voltou à sua mesa. Bebericou de uma garrafa um pouco de água. O telefone tocou.

— Oi — falou ela, imaginando se tratar de cliente.

— Você é Jaquel Mendes Bertini? — indagou a voz de um homem.

Temerosa, Jaquel ficou em dúvida.

— Por quê? — esquadrinhou, colocando-se no ataque; diferentemente da outra vez. — Quem é o senhor?

— Entendo sua preocupação — disse calmamente. — Sou detetive particular. Meu nome é Jerônimo.

Jaquel paralisou de temor. O que queria com ela um detetive? Não havia infringido nenhuma lei.

— E o quer de mim? — indagou, com certa rispidez.

— Não posso lhe adiantar nada antes de saber se é ou não a senhora Jaquel Mendes Bertini.

— Sou. Agora me diga o que quer — enervou-se.

— O que tenho a dizer não posso revelar por telefone. É para seu próprio bem. Trata-se de um assunto delicado e que a envolve. Por isso sugiro que nos encontremos para que fique a par do assunto.

— Mas que droga! — bufou, irritada com o jogo dele. — Como posso saber se não é uma armadilha?

— É fácil: você poderá escolher o local e o horário para conversarmos.

— Pode ser hoje ao meio-dia?

— Onde?

— No Bufê Amel, perto da matriz. Conhece?

— Estarei lá de paletó e chapéu *Indy* – explicou se referindo ao clássico adereço Indiana Jones.

— Está bem.

— Até logo.

Ao desligar, a mente começou a buscar indícios do que poderia ser. Muitos pensamentos, sempre inacabados, surgiam-lhe, mas não via ligação com os fatos. De tudo que lhe ocorrera, havia apenas um gancho em que se apoiar: *o telefonema que recebera daquela mulher.*

Transtornada com o que lhe seria revelado, não conseguia se concentrar nas atividades do trabalho. Passou a ingerir café como nunca. Com frequência visitava a toalete. O comportamento estranho despertou a preocupação das colegas. Vieram as indagações. Mas, sabiamente, respondia que tinha a ver com o estado de saúde da mãe.

Ao bater a hora do almoço, Jaquel precipitou-se à porta. Nos últimos lances da escadaria para a garagem, deu uma torcida no pé. O patrão, que vinha atrás, estranhou. Nunca a vira daquele jeito. Ao contrário dos demais funcionários, não ficou sabendo por que Jaquel estava tão agitada.

— O que está se passando com você? — gritou ele.

Jaquel ficou pensando emergencialmente no que alegaria. Se dissesse o mesmo que expôs aos colegas, o patrão desejaria que alguém a acompanhasse, como fizera no dia anterior.

— Pode falar, Jaquel — insistiu ele, ante a indecisão dela.

— Estou assim porque vou buscar meu exame. Quem sabe tenho a possibilidade de gravidez. Estou fazendo acompanhamento médico. Sabe disso. Estou ansiosa.

— Compreendo. Mas vá devagar. Nada muda com sua pressa. Pode se machucar.

— Verdade. Tenho que ir...

— Boa sorte.

Ela nem agradeceu. Acelerou os passos, assim que se colocou fora das vistas do patrão. Correu.

*

Cinco minutos transcorreram até chegar ao Bufê. À porta, correu os olhos, reconhecendo o senhor que a contatou. Apressou-se na direção dele. Notou uma pasta deitada sobre a mesa. Depois dos cumprimentos, sentaram-se.

— O que deseja tomar? — falou, ele, com tranquilidade.

Jerônimo era encorpado, bochechas coradas, e barba quase inexistente.

— Quero apenas um suco de acerola.

— Não quer almoçar?

— Não — disse enfaticamente. — Não estou com fome. Vá direto ao ponto.

Fez o pedido. Jerônimo optou por refrigerante.

— Como lhe adiantei por telefone, sou detetive particular e, sendo assim, muitos me contratam para serviços diversos. Pois bem. Por esses dias, um homem me contratou para que seguisse a esposa dele. Alimentava suspeitas de que ela o traía...

O garçom o interrompeu servindo as bebidas. Esperou até ele se afastar.

— E ela o traía? — adiantou-se Jaquel.

— Segui a mulher. Descobri que sim. — Levou o copo à boca.

— E daí? O que isso tem a ver comigo?

— Tem a ver, pois essa mulher se envolveu com um homem de nome Tewal.

Jaquel sentiu o gelo paralisá-la... Seu olhar petrificou-se. Sentiu vergonha diante daquele homem. O sentimento de inferioridade a tomou. Para sair da situação, reagiu fazendo questionamentos.

— O senhor tem certeza de que está falando com a pessoa certa? Não tem engano?

— Não há engano — afirmou, mansamente.

— Eu não acredito. Ainda acho que deve ser um engano. Meu marido não faria isso comigo. Eu o conheço. A gente se ama.

— Lamento, senhora, mas o que lhe digo é pura verdade. Tenho provas do que estou afirmando.

"Tem provas", disse mentalmente. O que faria? Se as pedisse, não teria mais como negar. Que humilhação! As provas desmanchariam todo o encanto da relação. Cairia no fosso da decepção. Encarar a realidade é duro. Amava-o muito. E agora?

— Quer ver a realidade ou não? — insistiu ele, com brandura.

— Que prova é essa? — questionou, tentando desafiar o que ele afirmava. Não queria acreditar.

Ele puxou a maleta para o centro da mesa. Retirou um envelope. Afastou a maleta. Enfiou a mão no envelope, trazendo à mostra fotos.

— Aqui está. — Largou nas mãos dela.

Jaquel sente as barreiras de defesa caírem diante do fato. Via o casamento destroçado, o amor pisado, jogado na lata de lixo. Uma onda de vergonha esmagou sua dignidade. Não conseguia erguer os olhos para o homem à sua frente. Colou o olhar nas fotos. Dava para ver a garganta se mover de tensão. Um silêncio perturbador se instalou. "Meu Tewal", veio-lhe à mente, "amo você! Por quê...?"

— Não seria isso uma montagem? — desafiou, na última tentativa de resistência, de esperança.

A atitude de Jaquel, como a de muitos, era de relutância diante de um fato que não queria para sua vida. Para salvaguardar a honra, a dignidade, recorria a qualquer subterfúgio. Queria se salvar da frustração, da decepção; salvar o seu relacionamento, que até então lhe era maravilhoso. Os espinhos da infidelidade, estes não conseguia engolir.

— Não é montagem, não — enfatizou o detetive. — Não teria cabimento para mim fazer isso com a senhora. Sei que é difícil de acreditar, mesmo no que vê. É normal essa reação. Porém, terá que enfrentar a realidade.

— Por que o rosto dela foi ocultado?

— Para manter a identidade preservada.

— Quem é ela?

— Também não posso informar.

— Por que não fez o mesmo com respeito a ele? — ironizou, enfurecida, trazendo a atenção de todos para a mesa.

— Quer que todos saibam do caso?! — censurou-a. — Então continue.

Ela se reteve.

— Faz parte da minha profissão não revelar detalhes, por questão de ética. Meu cliente exige sigilo. Melhor assim para todos, não é?

— Então por que veio a mim para revelar o caso? — contestou, irada. — Não teria sido melhor que eu não soubesse?!

— Porque o cliente sabe da dor da traição. A mesma pela qual a senhora está passando a partir de agora. Ele ama muito a mulher, a esposa dele, mesmo sendo ela muito doente. O mesmo se dá no seu caso. Estão em situação parecida. Ela não o traiu sozinha. Teve um cúmplice: Tewal. O marido deseja que a senhora saiba disso para que tome uma providência. A punição para o que Tewal fez virá de sua parte. Terá oportunidade de se vingar. Por isso não vem ao caso saber quem são ele e ela.

— Certamente que me vingarei — bufou. — Vou esfregar isso no nariz dele.

— Pensei nisso. Mas tenho ressalvas a fazer. Se quer testar a since-ridade dele, o melhor é não lhe mostrar foto alguma. Se bem que falar em confiança e sinceridade da parte dele é irônico, visto que a traiu e não lhe contou nada. O melhor é dizer ao seu marido que ficou sabendo da traição dele. É suficiente. Quero lembrá-la de que as fotos podem ser um perigo.

— Por que um perigo?

— Tewal poderá desconfiar que a senhora contratou alguém para espioná-lo, o que sugere que não confia nele. E, no calor de uma discussão, ele poderá humilhá-la, fazendo comparativos, alegando que se deitou com ela porque você não é boa de cama. Ademais, as fotos poderão cair em outras mãos. O que seria pior.

Jaquel ficou pensativa. Ele tinha razão até certo ponto.

— Mesmo assim, quero essas fotos. Estou em risco e correrei maior risco, se for preciso.

— Tudo bem. — O detetive recuou, entregando o envelope com três fotos: uma à porta do apartamento; outra, no interior, quando esta-vam no sofá; e a terceira, na cama. — Tome cuidado.

— Farei isso. E como poderei entrar em contato com o senhor, se precisar?

— Infelizmente isso não será possível.

— Por que não?

— Este é meu último trabalho. Estou dando adeus à profissão. Vou para o estado do Amazonas, ficar junto de minha família. *A família é tudo.*

As últimas palavras dele doeram no peito dela.

CAPÍTULO 3

Encerrado o dia de trabalho, em vez de se dirigir ao carro para voltar para casa, como geralmente fazia, Jaquel desceu a rua à esquerda, andando sem rumo certo. Ao mesmo tempo, tentava reorganizar seus pensamentos, para que pudesse ver melhor a situação em que se encontrava. Precisava calibrar as ideias com as emoções, para quando tivesse que encarar Tewal e abordá-lo sobre a traição.

Minutos depois passava em frente a uma lanchonete. O cheiro agradável de salgados e café a capturou. Dentro do recinto, optou por uma mesa acantonada, pois ali se colocaria a pensar, a meditar. Pediu um misto e um refrigerante. O turbilhão em sua mente continuava. Mantinha-se confusa no que faria.

Alheia ao mundo ao redor, indagou-se como poderia um homem qual seu marido ter a coragem de enganá-la. Agora, quanto mais refletia, mais sentia os efeitos da traição. As palavras do detetive sobre a sinceridade tinham sentido. "Ele não foi sincero", resumiu nos recônditos da mente. Questionava-se sobre como podia Tewal se manter sereno, insensível, diante dela. Estaria ele recaindo, voltando aos tempos de devassidão? A separação aparecia como a primeira ação, ante a desilusão.

Da lanchonete, mirou a linda praça em frente. Sentou-se num banco mais distante dos transeuntes. A noite estava esplêndida: o luar banhava a praça, dando ar romântico à noite. Olhou para o céu, a indagar para Deus o que fizera para merecer tal golpe, tão devastador. Indagou se tinha culpa. Mas a lembrança de amigos que passaram por situação parecida lhe trouxe um grau de consolo. Eles não tiveram culpa, e superaram. Mas tinham um amor igual ao de Jaquel?

Perambulando por entre sentimentos e pensamentos, Jaquel não percebeu a aproximação de um elemento às suas costas. Quando ele pousou as mãos sobre os ombros, emitiu um grito. O homem moribundo não hesitou em querer envolvê-la, levando os braços em volta do corpo dela. Debateu-se, berrando. Três rapazes que andavam pela rua correm para livrá-la.

— Você está bem? — disse o mais velho.

— Quer que chamemos a polícia? — prontificou-se o mais novo.

— Não. Estou apenas assustada. Muito obrigada... Quem era ele?

— É um andarilho — voltou a falar o mais velho — que vive a incomodar as pessoas, principalmente à noite. Tenha cuidado da próxima vez.

— Está bem. Obrigada, mais uma vez.

Depois de tamanho susto, Jaquel voltou ao carro mais cautelosa.

Ao abrir a porta de casa, percebeu quando Tewal deixou a mesa para vir-lhe ao encontro e dar-lhe o costumeiro beijo e abraço. Jaquel não retribuiu. Foi indiferente. Tewal se incomodou com o desinteresse dela.

— O que está acontecendo? — prontamente indagou.

— Eu não entendo como você pode ser assim! — expressou, inconformada com o fingimento dele.

— Quer me explicar por que está desse jeito?

— Seu traidor imprestável! — berrou.

Ele tentou se aproximar, mas Jaquel se afastou para atrás da mesa da cozinha.

Tewal deduziu que ela sabia de algo sobre a traição. Mas isso não podia ser. Fizera tudo que lhe fora pedido. Ou ela estava jogando? Preferiu resistir. Precisava da certeza de que ela tinha algo de concreto contra ele.

— Escute! Quer me dizer a que você está se referindo?

— Como pode se fazer de desentendido!? Sempre confiei em você. Você me traiu enquanto eu estava fora! — Quase soletrou, para dar ênfase ao que dizia. — E não negue.

— Quem lhe disse isso?

— Que importa?! Deveria estar incomodado com o que fez, e não com quem me contou. Ridículo! Trai, esconde, você me enrola e se apega a detalhes. Deixe desse papel ridículo!

— Querida...

— Querida?! Não sou sua querida. Se eu fosse, não teria se deitado com outra.

— Está bem, eu confesso. Traí, sim.

— Agora que descobri?! Teve tempo de ser sincero, mas não foi.

— Tem que me escutar primeiro...

— Escutar uma historinha — debochou. — Já sei: ela deixou as pernas à mostra e não resistiu. Ou sei lá o que... Coitadinho! Procure a mamãezinha.

— Jaquel! — berrou —, pare com esse teatro sem sentido. O que fiz não foi por minha vontade. Fui obrigado a fazê-lo para salvar você.

— Ah, com certeza você gostou! Não me venha com historinha. Deixe-as para quando tiver um filho. Ele vai adorar.

— Você não quer me ouvir, me levar a sério. O que lhe disseram é distorcido.

— Então o certo era esconder. Entendi sua versão. Deu azar. Não conseguiu manter o caso às escondidas e se deu mal. A mulher com quem se deitou foi seguida por um detetive contratado pelo marido. Sua fidelidade foi posta à prova. Caiu. Eu o reprovo. Quero a separação.

— Não faça isso...

Cheia de raiva e ódio, foi para o quarto fazer as malas. Tewal sabia que não adiantava insistir. Acreditava que ela voltaria atrás.

Dali a pouco, ele se lamentava, estirado sobre o sofá, quando ela deixou o quarto com uma mala e uma bolsa.

— Buscarei o restante outro dia — falou, sem olhar para ele, em passos rápidos.

— Espere! Não...

Ela seguiu com determinação. Bateu a porta com força. O carro cantou pneu. Por dentro, ela se corroía de fúria. Estava disposta a arrebentar com tudo. Passou a xingar, blasfemar, pelo que lhe tinha acontecido. O marido passou a ser o alvo de muitos palavrões. Simplesmente estava incontida. Inspirava raiva, expelia raiva.

Trafegando por via extensa, Jaquel não sabia para onde ir. Na casa dos pais, nem pensar, pois já atravessavam situação difícil. A notícia da separação por traição descontrolaria o pai, e a mãe entraria em choque. Melhor que não soubessem, no momento.

A princípio lhe ocorreu, naturalmente, que se hospedaria num hotel. Percebeu que seria pior. Não teria com quem desabafar. Veio-lhe que a melhor solução seria recorrer à amiga e colega de trabalho Dalita Neves. Embora fossem boas amigas, Jaquel sentia-se acabrunhada em lhe pedir um favor, um canto para dormir, mas a necessidade de desaguar a raiva e as lágrimas a fez vencer o constrangimento. Não era hora de se conter. Depois de estar certa de que ficaria no apartamento de Dalita, mandando mensagem à amiga.

O pensamento a forçou a fazer uma retrospectiva para reexaminar o que ele argumentara. Se bem que não lhe deu tempo para se defender... Agira tão iradamente que não lhe deu chance de se explicar. Seria isso sinal de que deveria ser mais flexível com ele? Não, não podia. "Foi demais o que fez", falou baixinho. O fato de ele não ser sincero era prova de que agiu traiçoeiramente. "Que pena!", lamentou. Os olhos se espremiam de dor.

O aviso da mãe veio à mente. Foi no primeiro dia em que Tewal foi apresentado aos seus pais. A mãe dela, muito observadora, colocou-se a examinar o futuro genro: nas palavras, nos gestos, no olhar e na roupa.

Quando Tewal deixou a casa, a mãe lhe fez a observação de que aquele homem não seria um bom marido. Fez a previsão de que, um dia, Jaquel se arrependeria. O pai nada disse; preferiu que o tempo falasse.

A mãe acertara na previsão. Fez um julgamento certeiro. Agora passava a viver o que lhe fora predito. Mas o coração falara mais alto, e nada a impediria de retroceder da escolha. Se a razão tivesse tanta força, teria seguido a voz da mãe.

No entanto, não podia se esquecer de que, no decorrer do tempo, a mãe passou a gostar dele. Apegaram-se. Começou a vê-lo como filho. Tewal, por sua vez, reagiu correspondendo. No momento em que ficar sabendo o que Tewal aprontou, não hesitará em apontar o que disse à Jaquel quando o apresentara à família. O pai, que se mostrara indiferente, apoiará a mãe, visto ter sido testemunha das palavras da esposa. Mais dores estavam por vir.

Que saudades de tudo de bom que viveu ao lado de Tewal! Seu doce lar bem ajardinado; cada cômodo da casa: a cama, o sofá; quantos momentos divertidos neles vivenciou.

Ao abrir a porta, Dalita se viu diante de um rosto desolado, com corredores de lágrimas. De momento, palavras não saíram da boca delas. Jaquel se lançou nos braços da amiga para chorar muito. Dalita a conduziu até a cozinha e lhe deu água.

— Pode me dizer o que aconteceu? — indagou Dalita, depois da intensa onda de choro que sacolejou o corpo da amiga.

— Você nem sequer imagina o que me aconteceu….

— Não posso mesmo… estou aflita para saber.

— Hoje é o dia mais triste da minha vida... — Uma nova onda de choro a impediu de prosseguir.

— Não importa o que aconteceu: estarei ao seu lado.

— Obrigada.

— Tem a ver com Tewal? — arriscou, vendo-lhe o sofrimento.

— Sim. Ele me traiu.

— Verdade? Quero dizer: como pôde fazer isso?!

— Ele me traiu.

— Olhe, não sei o que dizer ou aconselhar num momento como este, mas pode me pedir o que quiser, que estarei a sua disposição.

— Não precisa me dizer nada — falou, cabisbaixa. — O fato de me ouvir já é consolo.

Diante da sensibilidade de Jaquel, a amiga permaneceu por um tempo ao lado dela sem nada dizer.

— Como soube da traição? — indagou, ao vê-la mais quieta.

Jaquel foi revelando, em detalhes, como ficou sabendo.

— E o que pretende fazer? Vai se separar mesmo?

— Sim — respondeu, depois de se demorar um pouco. — Só não me venha dizer que é uma decisão precipitada, que é melhor esperar um pouco, coisas desse tipo, que não estou disposta a ouvir.

— Calma, Jaquel! — Fez gesto com as mãos. — Já lhe disse que estou disposta a ajudá-la. Portanto, não me oporei à sua vontade. Acho, a princípio, que está certa na decisão. Uma pessoa que no passado aprontou e agora trai sua esposa não merece outra chance.

— Geralmente é o que nos dizem para nos consolar.

Dalita sentiu as palavras dela.

— Será? Acho que não dizem por dizer, e sim porque pensam e agiriam de acordo, se estivesse em situação parecida. Daí que parece padrão. E lembre-se: quem olha de fora não vê com a emoção. Muitos veriam seu caso como o vejo. Apenas quero ajudar. Se errar, perdoe-me.

— Ah! Tudo bem.

— Posso ficar aqui esta noite?

— Nem precisa perguntar. É só dizer.

— Obrigada. Preciso ligar para meu pai e avisá-lo de que não tenho como cuidar da mamãe, essa noite.

*

Na manhã do dia seguinte, Jaquel não foi ao trabalho. Decidiu que cuidaria da mãe, que deixaria o hospital.

Perto das dez horas, chega à casa dos pais. Encontrou Licemar fazendo café, com a mesa posta de guloseimas. Tinha por objetivo agradar a esposa, que não gostou nada da comida do hospital. Deu-lhe um beijo na testa.

— A mamãe foi liberada cedo do hospital, não acha?

— Não havia por que ficar por lá.

— E como ela está? — falou, enquanto corria os olhos por sobre a mesa. Catou um pedacinho de queijo e o tacou na boca.

— Está melhor. Mas não pode se emocionar. É perigoso. Não vai ao trabalho hoje?

— Decidi que vou ficar cuidando da mamãe. Quanto a você, descansará. Desculpe por ontem.

— Não tem problema. Poderá compensar fazendo um favor.

— Claro. Diga o que é.

— Preciso que vá procurar um remédio para sua mãe. Não encontrei nas farmácias daqui. Parece que está em falta.

— Nem genérico?

— Não tem. Se não encontrar, volte a falar com o médico. O problema é que esse médico não conhece bem os problemas da sua mãe como o Dr. Jandir. Mas fazer o quê? Foi para o Canadá. Precisava de férias.

— Assim voltará mais disposto. Mas pode deixar, pai, eu darei um jeito. Cadê a receita?

— Está lá em cima, com sua mãe.

— Onde está a receita, mamãe? — falou, indo até ela para colar-lhe um beijo e abraçá-la.

A mãe apontou para a penteadeira. Jaquel se apossou da receita e saiu às pressas.

Quase duas horas se passaram até Jaquel retornar. O pai estava no quarto com a esposa.

— Como foi difícil. Tive que falar com o médico. Não havia outro jeito. Receitou outro tipo de medicamento.

— Por que não fez isso antes? — reclamou Janete.

Lá embaixo, alguém bate à porta. Jaquel, querendo se mostrar solícita e com a intenção de abafar de sua mente pensamentos referentes ao colapso do casamento, correu para atender.

Ao abrir a porta, teve surpresa ingrata. Deu de cara com Tewal. Quis fechar a porta, mas ele foi rápido, usando o pé. De qualquer maneira, caso não conseguisse, insistiria.

— O que você quer aqui? — indagou, Jaquel, com aspereza, rilhando os dentes.

— Precisamos conversar.

— Não temos que conversar — retrucou bruscamente. — Vá embora!

— Ainda não. — Mostrou firmeza.

— Pode ficar aqui o dia inteiro tentando me convencer, que nada adiantará. Entre nós está tudo acabado. Vá embora!

—Mesmo eu não sabendo o motivo da briga, deixe-o entrar — disse o pai, assim que o avistou.

Jaquel não tinha escapatória. Teve que abrir passagem para ele. Precisava evitar briga dentro da casa dos pais.

— Obrigado, querida — disse, forçando sorriso.

— Veio ver Janete? — falou Licemar.

— Sim. Aproveitei o horário do almoço para uma rápida visita.

— Mas antes gostaria de lavar as mãos. Estava ajeitando o espelho do carro. Tem poeira.

— Ah, sim! — reagiu Licemar. — Sabe onde fica.

No andar de cima, Janete tinha em mãos a caixa de remédios, mas não a receita. Sem encontrá-la, foi vasculhar a bolsa da filha, a qual a havia deixado ao lado da cama. Reparou que, além da receita, havia fotos. Trouxe-as para o colo. O coração se desequilibrou. O pavor a tornou estática, não conseguindo respirar. Gemeu alto.

— Sua mãe! — expressou Licemar, subindo as escadas acelerado.

Jaquel o seguiu, assustada.

O pai saltou sobre a cama para reanimar sua esposa. Mas era tarde.

*

O pai não percebeu o conteúdo das fotos, que Jaquel tentou recuperar antes que ele as visse, mas uma ficou na mão dele.

— Então é isso... — murmurou. — Sua mãe morreu por causa disso: emoção, desgosto, decepção.

— Calma, pai!

Licemar se ergueu, tomou a jarra de água, objeto mais próximo dele para atacar Tewal. Jaquel tentou segurá-lo, mas não teve força.

— Tewal, fuja! — gritou, antes que o pai fizesse besteira.

No momento, Tewal estava para subir as escadas, quando viu Licemar com o jarro para atacá-lo. Assim que se virou para correr, o jarro passou raspando pelo seu ombro direito. Não havia tempo para nada, a não ser disparar para fora da casa.

Licemar não desistiu; a raiva lhe dava energia adicional. No entanto, o gato da casa, que repousava debaixo da mesa, assustado, também procurou pela porta. Licemar tentou um pulo, mas pisou de leve no rabo do animal, vindo a se desequilibrar. Trombou contra a parede. Mas, mesmo que não fosse atrapalhado, não tinha como alcançar Tewal.

As pernas da mentira

*

No velório, e mesmo depois, Licemar não indagou Jaquel sobre o conteúdo das fotos. Estava claro o que Tewal aprontara. Quanto à Jaquel, chorou muito. Sofrera dois golpes em poucos dias. O fato a atormentava. Não conseguia pegar no sono.

Depois do enterro, Jaquel tomou sonífero e se entregou ao sono. Isso era de tardinha.

Na manhã do outro dia, Licemar não bateu à porta para acordar a filha. Preferiu que permanecesse em sono. Sem fazer muito ruído, foi até o rancho. Lá procurou pelo facão, que há tempo não usava. No meio das tralhas, encontrou-o. Foi até o carro e guardou-o debaixo do assento. Astutamente, empurrou o carro até certa distância, para não acordar a filha. Ligou-o e saiu mansamente.

Jaquel, que saíra do sono profundo, rolava sobre a cama, desviando-se de pensamentos intrigantes. Contudo, pressentiu que o ambiente na casa estava diferente. Não conseguia atinar o que exatamente. E o pai, como estaria ele? O pensamento a assustou. Ele perdera a esposa. Amava-a muito. O temor a fez agilizar a saída do quarto, para ir ao encontro dele.

Deu uma olhada no quarto do pai. Não o encontrando, seguiu para o andar inferior. Chamou, mas não obteve resposta. A mente denunciou que ouvira o ruído de um carro. Deve ter saído. Foi à cozinha. Correndo os olhos por sobre a mesa, reparou em um bilhete preso debaixo de uma xícara. Apanhou-o, às pressas. As palavras nele avisavam de que saíra para fazer *cobrança*. "Cobrança", pronunciou. Nada falara a respeito, no dia anterior. Sua mente lançou uma possibilidade: a de que fora cobrar a morte da esposa e se vingar pelo que Tewal fez e provocou. Sem mais, pegou o telefone e discou o número de Tewal. Porém este estava desligado.

Sem tempo, subiu para vestir shorts e camiseta. Descalça, pisou no acelerador. A mente torcia para que qualquer situação impedisse seu pai de cometer uma barbaridade. Se conseguisse seu intento vingativo, motivado pela fúria, ela a jogaria às traças da tristeza, da ruína.

Faltando cinco quilômetros para a residência de Tewal, uma blitz policial lhe provoca tensão.. Não podia ser! Antes que pudesse contornar para outra via, um dos agentes fez sinal para que encostasse.

— Deixe-me passar, por favor. É urgente.

— Os documentos — falou, ignorando as súplicas dela.

— Se não passar logo, meu ex poderá ser ferido ou morto — apelou.

— Se deixarmos passar todos os que nos contam histórias, não precisaríamos fazer blitz — arrazoou, de rosto fechado, de olhos escondidos por óculos escuros. — Se o seu caso é urgente, já deveria ter ligado para a polícia. Esse é o procedimento correto. Faça isso assim que a liberamos.

— Se meu ex sofrer qualquer agressão, vou processar você — ameaçou, enquanto entregava os documentos.

— Ou, se quiser, fale com o nosso comandante. Ele está logo ali: o de bigode. — Apontou.

— É o que vou fazer.

Ao se dirigir ao comandante, reparou o carro do pai atrás de um caminhão. "Graças a Deus!", reproduziu, juntando as mãos. Correu para abraçá-lo. A reação despertou a atenção dos que estavam à volta.

— Que bom encontrá-lo, pai!

— Seja discreta, filha! — censurou-a, sentindo-se envergonhado com a exagerada demonstração de afeto por parte dela. — Por que está contente?

— Pai, você sabe por que. Eu lhe peço que não use de vingança contra Tewal. Era isso que estava para fazer, não é?

— Ele é culpado por minha esposa...

— Não, pai! Sei da sua dor, mas não é assim. Poderia ser a qualquer momento, sabe disso. De repente, interrompeu-se, sob o olhar do comandante.

— Por que o estão segurando aqui, pai?

— Eles encontraram meu facão.

— Ainda bem — expressou, com alívio. — Agora, prometa-me que não tentará isso de novo. Se prometer, irei me separar de Tewal. Aí poderemos viver em paz. O que me diz?

— Aceito — concordou, embora desconsolado.

*

Sem mais dúvida, Jaquel tomou providências para a separação. Foi difícil, pois lembranças boas vieram à tona para contestar seu posicionamento. No entanto, não tinha como ignorar o fato da traição. Não podia ser tola.

No mesmo tempo, Tewal sentia a dor da separação. Amava Jaquel. Mas não tinha como conversar com ela. A revolta, a fúria a dominavam.

Numa quinta, no adentrar da noite, desconsolado, ao chegar a casa, desceu o corpo sobre o sofá. Ele se colocaria a repensar os acontecimentos dos últimos dias. O telefone toca.

— Oi!

— Venho lamentavelmente anunciar que Joellen não está mais entre nós. Adeus. — A voz desligou.

Apesar de ela ter lhe trazido sofrimento, lamentou. A pessoa que esteve em seus braços, há pouco, sem esperança, viera falecer. Era doído.

CAPÍTULO 4

No apartamento de luxo de um prédio localizado em Ipanema, Dálcio Bertini, pai de Tewal, como de costume, levantou-se cedo. Seguindo sua rotina diária, traja-se para a prática de atividade física, que seria a caminhada em torno do quarteirão e alongamento. Depois do banho, tomaria café matinal reforçado. Quando estivesse pronto, seguiria para o escritório.

No imenso e bem decorado apartamento, à exceção da funcionária doméstica, não havia ninguém mais que lhe fizesse companhia. Visto que já fazia muito tempo que sua esposa falecera, vivia praticamente só. A solidão ganha maior volume com o passar dos anos. Para camuflá-la, ocupava-se muito com o trabalho. O ofício deixou de ser cansativo para ser uma fonte de distração. Cumprimentar as pessoas, fosse na empresa, fosse no caminho, deixava-o melhor.

A solidão que enfrentava não era por falta de pretendentes. Mulheres surgiam, mas não conseguia se apaixonar. Nenhuma chegou à altura de sua falecida esposa, para que pudesse despertá-lo a um recomeço no amor. Desfilavam mulheres que desejavam somente prazer, ou apenas companhia para agregar status à vida ou aos negócios; outras que visavam viver na riqueza. Nesse ponto entendia as dificuldades do filho. Mas não o aceitava em casa, pois Tewal lhe tirara a pessoa amada, a companhia de todos os dias.

Embora fosse um homem de grande fortuna e fama invejável, não se prendia a esses aspectos. Sempre cuidava bem de sua vida. Mantinha elegância, e sustentava simpatia. Tewal herdara, em parte, essa dinâmica de vida. Porém, poucos sabiam que, por trás do visível, havia um coração machucado, doente. Os longos anos de atividade no campo das ações financeiras lhe tiraram parte da energia, desgastando-o. Chegou a passar por uma crise de depressão. O coração o levou ao cardiologista, que o aconselhou a se desligar do mercado financeiro. Se não quisesse ficar parado, que optasse por outro tipo de atividade. Migrou para o campo imobiliário, onde poderia lidar com pessoas, e com pouco estresse.

Outra carga pesada era em relação ao filho. Inicialmente, sonhara que ele seguisse seus passos, mas não; o filho nada queria. Decepcionou-se. Mas no fundo ainda desejava que Tewal fosse mais estável. Passou a acreditar que com Jaquel estava se firmando. Animou-se. Nutriu esperança. Estava a ponto de fazer algo por ele. De repente, no entanto, a notícia da traição fez desabar toda a boa expectativa. Sentiu-se ainda mais isolado.

Ao chegar ao escritório, cumprimentou a secretária, com ânimo.

— Tem muito trabalho para esta manhã?

— Não. Está calmo. Mas há uma senhora querendo lhe falar.

— Uma senhora? — repetiu, buscando mentalmente quem poderia ser. — Quem é ela?

— O nome dela é Anilda Mattos.

Dálcio franziu a testa, forçando a mente.

— E o que ela quer?

— Não disse. Justificou que se trata de assunto pessoal.

— Sempre dizem isso para nos pegar de surpresa. Darei uma olhada.

Ao parar no limiar da porta da sala de espera, de imediato se impressionou. Cabelos escuros, amarrados, e o corpo cercado de um vestido verde-escuro. Dos joelhos aos pés, reluzia sob o efeito da luz. De olhos grandes, fitos nele, sorriu docemente. Quebrando o momento de êxtase, foi cumprimentá-la, convidando-a a sentar na poltrona em frente à sua, do outro lado da mesa. Sentiu-lhe o perfume provocante.

— Sente-se, por favor — falou, ajeitando a poltrona.

— Obrigada.

— No que posso ser útil? — indagou, frente a frente.

Ela emitiu outro sorriso. E ajeitou as pernas, antes de se pronunciar.

— Não pense que vim aqui para lhe pedir alguma coisa. Antes, vim para lhe ser útil.

— Como assim? — expressou, fixando o olhar nos olhos dela. Estranhou.

— Vou tentar lhe explicar da melhor maneira. — Limpou a garganta, dando tempo para se organizar mentalmente. — Acontece que, há mais de três anos, estava a caminho do hospital para buscar os exames que havia realizado na semana anterior, por recomendação médica, por causa de minha intensa dor de cabeça. Entrei em choque ao ficar sabendo que os resultados apontavam para um tumor maligno em minha cabeça. Foi terrível para mim.

— Imagino… quero dizer, deve ser muito triste.

— No entanto, após ter atravessado a rua, perto do cruzamento, ouvi um forte estrondo. Foi grande o susto. Olhei na direção do som. Dois carros se chocaram. Curiosa, como os demais, apressei-me para ver de perto o resultado. Condoeu-me ao ver a mulher de um dos carros dando seu último suspiro.

A menção do acidente disparou o alerta na cabeça de Dálcio. Seria a mulher mencionada sua esposa?

— Está se referindo ao acidente que envolveu minha esposa e meu filho? — indagou, repentinamente, para banir sua dúvida.

Anilda ficou um tanto temerosa quanto à reação dele, se fosse taxativa na resposta. Pensou que a menção do caso talvez não lhe agradasse. Tirou segundos de tempo para ver-lhe a reação. Precisava ter certeza de que ele desejava que continuasse.

— É isso mesmo. No entanto, naquele momento, não sabia de quem se tratava. Para mim, os envolvidos eram estranhos. Só soube quem eram no dia seguinte, pois a notícia estampava os jornais.

— Um momento. Quer tomar alguma água ou chá?

— Chá.

A secretária foi acionada.

— Continue — ordenou ele.

— Pois bem. Aquela cena me chocou muito. Nunca na minha vida havia presenciado algo do tipo. Foi forte o impacto em minha mente; não tive como apagar. Confesso que por um lado foi ruim a lembrança da mulher ensanguentada, mas por outro não teria como me lembrar do senhor, se tivesse me esquecido do fato.

— Mas por que é importante lembrar-se de mim? — perscrutou, intrigado com a condução da narrativa.

— Já vai saber. Naquele dia, assim que entrei em casa, desabei a chorar. Estava certa de que a partir daquele dia minha vida não tinha mais importância nem sentido; estava morrendo. O medo da morte passou a me atormentar, a me apavorar. Preferia a morte repentina do que lenta. Não aceitava a possibilidade de cair na cama e morrer lentamente. Valer-me de medicamentos e tratamentos para estenderem alguns dias de vida, definhando dolorosamente, não me era aceitável.

No tempo em que ela recuperava fôlego, a secretaria adentra a sala para servi-los.

— Pois bem — reiniciou após um gole do chá —, nos dias seguintes, comecei a entrar em depressão. Foi quando passei a alimentar a ideia de eliminar minha própria vida. Queria dar um basta ao meu sofrimento. Só me faltava escolher o lugar.

— Ainda bem que não o fez! Assim tenho o prazer de lhe conhecer. É uma bela mulher.

— Obrigada. Só que naquela semana saí à procura de um lugar para levar adiante minha intenção. Conhecendo bem a cidade, lembrei-me de um conjunto habitacional em construção, afastado, sem muita movimentação. Tomei o ônibus para aquela direção. Fui à tarde. Fiquei nas redondezas analisando de qual edifício pularia.

Ela se interrompeu para mais um gole de chá.

— No entanto — continuou —, uma idosa bateu levemente em minhas costas: "Não faça isso, minha filha. Sei muito bem o que está pretendendo fazer. Tenho experiência. Percebi à distância o que procura. Olhando-a mais de perto, vejo um rosto abatido: olhos tristes, sem brilho, sem esperança. Você não quer mais viver". Neguei. Mas acabei confessando, diante daquela amorosa senhora. Ela acrescentou: "Quem passou por isso uma vez, sabe o que está dizendo. Portanto, é melhor me ouvir primeiro".

Dálcio se aproximou da mesa, apoiando seus braços sobre o tampo, praticamente abduzido por ela. Ao mesmo tempo que espiava, em detalhes, o corpo dela, mantinha-se absorto pela narrativa desenvolvida. Sentiu que ela o retirava da rotina diária, para enxergar um novo horizonte. Entendia que no relato dela havia uma mensagem que deveria levar a sério. Não a interrompia.

— Sentadas ali, num muro baixo, a senhora me disse que cinco anos antes perdera o marido e um filho. Algo trágico. Todas as alegrias e expectativas foram embora. Via apenas uma descida para o abismo diante de seus olhos. Era de família pobre, pagava aluguel. Caiu em desespero, depressão. Veio-lhe à mente o suicídio como saída. Arranjou uma corda e amarrou em um dos caibros da casa. A casa era de madeira, sem forro.

"Por fim subiu na mesa, passou a corda em volta do pescoço. Respirou fundo antes de se suspender na corda. Mas então, inacreditavelmente, o chorar de uma criança em frente à porta a distraiu. Pensou por instantes, e resolveu dar uma olhada. Abrindo a porta, deparou-se com uma bela criança. Esta parou de chorar. A mulher imaginou que Deus fizera a providência: a criança substituiria o filho que perdera. Havia uma reparação para superar a profunda tristeza dela. Assim desistiu de dar fim à própria vida.

"Relatado isso, então me aconselhou que deveria acreditar no impossível. Tirar a vida precocemente seria imprudente, pois tudo pode mudar de repente. Argumentou, por fim, que, assim como ela tinha a quem se dedicar, prolongando sua vida, também se daria comigo. E foi o que aconteceu. Eis porque estou aqui!"

— Então, está aqui para me impedir de fazer alguma besteira?!

— Acredito que sim.

— Mas por que só agora? Eu já poderia ter atentado contra mim.

— Entenda que tudo tem seu tempo. Achei, inicialmente, que, sendo um homem bem-sucedido, teria melhores condições para superar sua perda. Porém estava errada. Creio que despertei para a hora certa. No meu caso, assim como o caso daquela senhora, a ajuda veio na hora certa. Pergunto-lhe: como anda seu interior? Está certo de que não anda, aos poucos, descendo para o campo da tristeza crônica?

Dálcio reconheceu que ela acertara. De fato, andava há muito doente, desanimado; e agora ainda mais, ao saber da traição cometida pelo filho e da consequente dissolução do casamento.

— Confesso que veio na hora certa — rendeu-se, admirando-a.

A secretária os interrompe, avisando Dálcio de que um cliente o aguardava.

— Se é assim, pense bem no que vai decidir e fazer. — Sorriu.

— Agora me diga, por onde anda a senhora que citou? É uma curiosidade.

— Pelo que fiquei sabendo, ela foi embora. Mas estava bem. Foi morar perto de familiares.

— Um final feliz — disse ele, refletindo.

Novamente a secretária os interrompe dizendo que o cliente estava com pressa e precisava ser atendido, do contrário deixaria de esperar.

— Agora preciso ir — falou ela, ao se levantar.

— Escute, que tal nos encontrarmos para jantar esta noite?

Ela hesitou por um momento.

— Pode ser. Onde?

— No Parque Garota de Ipanema. Tem bons bares por lá.

— Ótimo.

— Quer que a mande buscar?

— Não precisa. Hoje à noite nos falaremos.

— Deixe o número do telefone. Vou reservar uma mesa e a comunicarei em seguida. Certo?

Ela acenou, dando-lhe um leve beijo de despedida.

Assim que ela saiu, Dálcio ficou a inspirar o agradável perfume que ela deixara no ambiente. Passou a se sentir qual alguém que acabara de encontrar seu amor. Voltou à mesa, revivendo detalhes da visita. Dálcio voltou a ver sentido na vida. A secretária volta a lembrá-lo de que o cliente estava à espera.

*

A noite, banhada pelo esplendoroso luar, dava um clima especial para Dálcio se encontrar com Anilda. Foi cedo ao local marcado, o qual servia frutos do mar. Dálcio se via entrando numa nova dimensão. Quanto tempo perdera vagando no fosso do descontentamento e tristeza. Agora, até seus problemas físicos se aplacavam.

Minutos depois da hora sugerida, ela aparece. Dálcio se põe de pé, para galantemente a recepcionar. Deslumbrou-se diante da beleza que vinha ao seu encontro. Cabelos soltos, pendendo para um lado: vestido feminino sexy, decotado, roxo desenhava um corpo muito bem lapidado. No rosto, a reluzente maquiagem ressaltava os olhos e a boca.

— Você está impressionante — declarou, encantado com ela.

— Obrigada. Fiz o melhor que pude para o agradar.

— Assim tenho muito que admirá-la. Escolhi um champanhe. Fiz a escolha errada?

— Fez o certo. Gosto de champanhe. E aprecio frutos do mar. Está perfeito.

— Estou curioso para saber o que faz.

— Sou vendedora de produtos de limpeza. Só que no momento estou de férias. Trabalho mais em São Paulo. Fico pouco no Rio de Janeiro. Aqui pago quarto numa república.

— Está contente com o serviço?

— Dá para pagar as contas. Não posso reclamar.

— Está comprometida? Quero dizer, tem namorado?

— No momento não, embora tenha pretendentes. É normal.

Dálcio vibrou no íntimo com a resposta dela.

— E já foi casada? Não estou a interrogando. É apenas para conhecê-la melhor.

— Entendo. Faz bem. Já fui casada por três vezes. Não tive sorte nas escolhas. Sofri.

— Sofreu?

— E muito. No primeiro relacionamento, ainda bem jovem, envolvi-me com um cara que fazia muitas juras, mas traía-me com a primeira que encontrava. No segundo caso, parece até irônico, mas o infeliz estava foragido da polícia. Um dia, numa barreira policial, foi identificado e preso. Acabou aí mesmo. O terceiro foi um verdadeiro canalha. Quando engravidei dele, não parava em casa. Traficava. Às vezes vinha como anjo e outras como um demônio. Era violento. Obrigava-me a ingerir bebida forte. Por isso acabei perdendo o bebê. Fez de propósito. Antes de sumir, embebedou-me. Fiquei presa na casa. Trancou e levou as chaves.

— Tudo isso!? Que terrível! O que me admira é que, apesar de tudo que passou, continua linda, inteligente.

Numa mistura de sentimentos e compaixão, Dálcio pousa sua mão sobre a dela. Ela girou a mão devolvendo-lhe em afagos. A partir de então, os dois estavam certos do que desejavam.

— O que gosta de fazer nas horas de folga? — indagou ele, ainda com a mão atada à dela.

— Aprecio contemplar a natureza. Andar pelos bosques, lagos e montanhas.

— Então posso convidá-la a visitar meu sítio em Teresópolis, amanhã? O que me diz?

— Ah, vai ser legal! Não tenho nada para fazer no sábado mesmo. Pode ser. Seu convite para mim é uma obrigação.

— Fica combinado então. Quer que a busque?

— Não. Como lhe havia dito, moro numa república. Se alguém na sua posição, um homem de negócios, da altura do seu status, for me buscar, os vizinhos poderão falar que estou vendendo meu corpo, coisa desse nível. Sua imagem também será afetada. Vão dizer que desceu o nível. Sabe como é? É melhor agirmos discretamente. Ambos seremos preservados de falatórios.

— Tem razão. Melhor mesmo agirmos corretamente. Aliás, dispensei meu segurança para que ficássemos à vontade. Farei isso também quando formos ao sítio. Merecemos privacidade. Assim ninguém saberá dos detalhes. — Abriu um leve sorriso malicioso.

— Gostei desses "detalhes" — falou, insinuante. Riu.

— O que vamos pedir?

— Pode ser o da casa.

— Certo.

Os dois conversaram até tarde. Na despedida, houve um abraço e beijo. Dálcio se sentiu tentado. Há muito que não sentia mais emoção de tal calibre. O envolvimento abria o caminho para uma relação maior, no dia seguinte.

*

No despertar de mais um dia, de manhã bem cedo, Dálcio acorda animado. Na verdade, nem dormira direito, só de pensar no encontro com ela. A imaginação foi bastante fértil. Os dias sombrios de carência afetiva davam lugar ao resplandecer de uma existência cheia de emoções. Na empolgação, faz os últimos preparativos, cantarolando. Dali a pouco, olhou no relógio. Era hora de partir.

Minutos depois, encostava em frente ao ponto de ônibus, local combinado para apanhá-la. A satisfação cobriu-lhe o rosto ao vê-la desembarcar. Vestia calça surrada, bem agarrada ao corpo, camiseta e boné. Reparou com desejo aquele corpo.

O trajeto a ser percorrido era longo e cansativo, mas Dálcio não estava nem aí. Teria energia de sobra para desfrutar da companhia. No subsolo do peito, a alegria e o ânimo o abasteceriam para o que fosse. Até lá conversariam muito.

— Que lugar maravilhoso — exclamou Anilda, assim que deram entrada no sítio. Estou amando o lugar. Tem quem trabalhe aqui?

— Apenas um casal de mais idade. Vão ficar até deixarem tudo pronto. Depois estarão dispensados. Com o resto a gente se vira.

— Ah, sim. Tem caminhos por essa mata, pelos quais podemos passear?

— Mas é claro… faremos isso mais tarde.

— Estou ansiosa para um passeio.

— Teremos tempo para fazer isso — comentou, ao encostar o carro em frente da casa.

Uma senhora, que andava com dificuldade, por causa do joelho desgastado, veio recepcioná-los. Dácio aproveitou para apresentá-la. Na cozinha havia um fogão a lenha, aceso, e sobre ele um bule com café recém-feito aguardando por eles. À mesa uma variedade, a maioria feita pelas mãos talentosas de dona Zenaide.

— Por onde anda Gilson? — perguntou Dálcio a Zenaide.

— Na mata. Foi buscar uma muda de planta. Logo estará aqui. Aproveitem o café.

Antes do meio-dia, enquanto Zenaide preparava o almoço, Dálcio e Anilda foram dar uma volta nas redondezas da casa. Atrás do rancho,

Anilda avistou um tronco de madeira, na qual se sentou. Ele a acompanhou. Dálcio espiou o contorno do corpo dela, de esguelha. Aquele local praticamente desabitado atiçava o desejo de abraçá-la, envolvê-la.

Ela reparou. Levantou-se para ficar de costas para ele. Assim o provocaria, pois sabia da poderosa curiosidade de um homem muito carente.

— Como é bom estar aqui! — pronunciou, como se falasse para a natureza. Voltou-se. — Este recanto é bom para um casal relaxar, não é?

— Certamente — balbuciou, vendo nas palavras dela um convite para o prazer.

— Sr. Dálcio — chamou Gilson.

— Sim.

— Zenaide mandou avisar que o almoço está pronto.

— Logo estaremos lá.

Assim que almoçaram, dona Zenaide e o marido deixaram tudo organizado.

Quando enfim estavam sós, com a tarde livre pela frente, no corredor para o quarto Dálcio aproveitou para se aproximar dela. Pousou as mãos sobre o quadril de Anilda, em direção às nádegas. Mas ela o reteve. Dálcio embaraçou.

— Desculpe agir assim, é que estou com cólicas… — disse ela.

— Eu é que peço desculpas.

— Deixe disso. Você não sabia.

— É — expressou, com desapontamento.

— Mas não se preocupe. Haverá mais oportunidades. Vai querer que eu volte aqui, vai? — falou em tom sedutor.

A mente de Dálcio resmungou: "Que droga não poder agora…"

— Vamos dar um passeio. Podemos fazer um piquenique. E namorar um pouquinho. Trouxe um lanchinho para nós.

— Nem pensei nisso. Mulher pensa nos detalhes.

— Verdade. É uma vantagem que temos. Precisamos usá-la bem.

— Vamos lá.

A cada momento, encantada com a exuberância da bela floresta, Anilda expressava admiração, fazendo perguntas. Dálcio, bastante à vontade, lhe respondia, recebendo abraços e beijos. Depois de andarem um bom pedaço, escolheram o local para se curtirem. Dálcio sentiu cansaço. A emoção não o deixara dormir. Amou cair sobre a toalha estendida por ela. Era momento de relaxar.

— Ah, como é bom deitar o corpo. Ontem demorei a apagar.

— No mínimo pensando em hoje. Acertei?

— Sim. Se adormecer, não ligue. Em minutos estarei recuperado.

— Não se preocupe. Descanse. Enquanto isso, ficarei a contemplar a natureza.

Anilda ficou de olho em Dálcio. Estudou bem o corpo dele. Assim que ele adormecera, tirou da bolsa um frasco contendo uma cobra coral. Agitou um pouco o vidro, para provocar a serpente. Depois teve o cuidado de despejá-la sobre o corpo de Dálcio. Levou o braço dele sobre a cobra. Imediatamente repôs o frasco na bolsa e saiu correndo. Ele gemeria até a morte.

CAPÍTULO 5

A tarde de Gilson e Zenaide não parecia ser das melhores. No caminho o carro começou a enguiçar. Dois motoristas pararam para ajudá-los. Depois de várias tentativas frustradas, Gilson apelou para o mecânico que, de vez em quando, era acionado. Sabendo se tratar de um casal com idade já avançada, o mecânico fez um esforço para socorrê-los.

— Que droga de carro! — esbravejou Gilson, inconformado. — Não vamos aproveitar nada desta tarde.

— Pare de xingar — censurou-o a esposa, de dentro do carro. O importante é saber que o mecânico virá nos salvar.

— A primeira coisa que farei no próximo mês é trocar de carro. Já não aguento mais ficar na estrada. E o pior é incomodar os outros.

— Também é pouco usado. Acaba enferrujando.

— Nosso trabalho não nos permite sair quando quisermos. Quase tudo tem que ser combinado. Hoje surgiu esta oportunidade porque nosso patrão quer ficar a sós com aquela gata.

— Que é isso?! — censurou-o. — "Gata?!" Não achei. Pelo que percebi, não passa de uma mulher de programa.

— Não é. O patrão não chegaria a esse ponto.

— Certo. Não importa isso para nós. Do que precisamos é mais tempo para sairmos. Acho que devemos mudar de emprego.

— Nunca me disse isso... ih, lá vem polícia. Acho que teremos mais problemas. Não é nosso dia de sorte.

— Lá se vai nossa tarde de folga!

A viatura encostou. Dois agentes, com indumentária impecável, aproximaram-se, cumprimentando-os com semblante sério. Deram uma olhada geral no carro.

— Qual o problema? — indagou o agente magro, alto, nariz pronunciado.

— O carro estragou — respondeu Gilson.

— E sabem o que é? — perscrutou o agente de estatura menor e bigode ralo.

— Deve ser o motor. Já chamei o mecânico. Está a caminho.

— Tem documentos? — perguntou o primeiro.

Gilson sentiu a força do nervosismo. Levou a mão à cabeça, tentando lembrar onde estavam.

— Devem estar no porta-luvas — ajudou a esposa, já fora do veículo, vendo-o atrapalhado.

— Ah, sim, no porta-luvas — disse, embora sabendo que lá não se encontravam.

Simulou pressa para apanhá-los. A esposa foi auxiliá-lo. Não os encontraram.

— Você não limpou o carro anteontem? — observou ela. — Deve saber onde foram parar.

— Verdade. Agora me lembro, deixei-os no rancho, em cima de uma tábua. E agora?

— Agora fale com eles.

— Daremos uma chance — falou o agente mais baixo, tendo dó do casal, que já estava em situação ruim. — O senhor poderá buscá-los.

Senão, como continuarão? Se forem parados por outros agentes, talvez não tenham outra chance.

— Sim, tem razão. Obrigado. Vou buscá-los. Chamarei um táxi.

O mecânico chegou e logo depois o taxista. A esposa ficou para acompanhar o mecânico. A viatura permaneceu por mais alguns minutos, para em seguida partir. Não tinham mais com o que se preocupar.

*

Chegando ao sítio, Gilson avistou Anilda vindo ao seu encontro, correndo. O rosto estampava desespero. Apressou os passos até ela. "Tem algo de errado", ocorreu-lhe de imediato.

— O que foi, Anilda?

— Dálcio... Dálcio — pronunciou, resfolegando.

— Onde está?

— Ele... ele está no mato — falou, segurando-se em Gilson.

— O que aconteceu com ele? — perguntou, acelerando os passos, já que o coração e pulmão não lhe permitiam correr.

— Foi picado.

— O que o picou?

— Uma cobra, acho.

Ao chegarem ao local, Dálcio não respirava mais. Mesmo assim, usando o táxi, levaram-no para o hospital, só que não havia mais vida naquele corpo.

Sem mais o que fazer no hospital, Gilson se encaminha para retornar à esposa, que o aguardava. Porém, quase no fim do corredor, Anilda o puxa para um lado, querendo lhe falar.

— Desculpe agir assim, mas preciso lhe avisar para que não estranhem meu desaparecimento. Preciso sumir, porque seu patrão queria manter nosso relacionamento em segredo. Com exceção de você, é claro. Foi por isso que dispensou o segurança. A reputação dele poderá ser afetada negativamente, pois poderão insinuar que ele estava de caso com uma mulher de programa.

— Você?! — expressou, incrédulo.

— E daí?

— Não é por nada, não. Apenas estranhei por você ser muito bonita. Mas se é assim como disse, tem que sair daqui imediatamente. Só uma curiosidade: como era a cobra e como aconteceu?

— Estávamos dormindo no momento da picada. Dálcio estava cansado, queria descansar. Quando ouvi a reação dele, vi o rabo da cobra sumir na vegetação. Penso que era uma cobra. Era uma mistura de preto com branco. Conhece?

— Não. Pela descrição que me fez, não dá para dizer nada. Vá!

— Um dia desses, quem sabe, nos encontremos. Aí poderá me pedir o que quiser.

— Está certo, então.

Ela lhe deu um beijo e se mandou. Gilson se animou com a promessa de um dia lhe pedir o que quisesse.

*

Informado da morte de Dálcio, homem importante, o delegado Dolmar, um sujeito de estatura média, magrinho, tinha o cacoete de levar a mão ao queixo, quando matutava sobre um caso. Prudente, foi ao sítio, acompanhado de um policial. Precisava averiguar se fora um acidente, ou ocorrência crime, a morte de Dálcio. Um homem de seu quilate, com muita grana e status... haveria a possibilidade de alguém se beneficiar com sua morte.

O delegado tinha como consultor o juiz Wladimir Gonçalves, o qual atuava na cidade, quando tinha diante de si casos excepcionais. Tornaram-se amigos há alguns anos, quando Dolmar atuava em Minas Gerais.

Não tinha como descolar o profissional do privado. Com a ajuda deste, recentemente resolveu rapidamente o caso envolvendo uma quadrilha a qual atormentava a região. No entanto, a consulta ficava em sigilo, para não cair nos ouvidos de outros profissionais. No caso do sítio, assim que retornasse, relataria detalhes colhidos na cena do ocorrido.

Já nos domínios do sítio, observou, nas escadas da casa, Gilson e Zenaide. Chegando a eles, cumprimentou-os e estendeu seu pesar.

— Sou o delegado Dolmar. Ao meu lado, o policial Marlo. Pois bem: o filho de Sr. Dálcio já foi avisado?

— Sabemos que entraram em contato, mas não conseguiram falar com ele. Mais que isso não sabemos.

— Podem me dizer como tudo aconteceu?

O casal relatou, em linhas gerais, o acontecimento.

— Lembram-se de algo mais?

Gilson e Zenaide se entreolharam. Pareciam dizer: "Será que ele sabe de Anilda?" O delegado acompanhou o olhar de ambos, interpretando que estavam para esconder algo. Gilson passou a narrar aquilo de que ficara sabendo e vira.

— Será que me contaram tudo? — insistiu, Dolmar — Não faltou nada? Pensem.

Houve silêncio.

— Desconfia de estarmos escondendo algo do senhor? — questionou Zenaide.

— Se saíram à tarde, por que ele, Dálcio, ficou aqui? Ele estava acompanhado? No hospital, comentaram que havia uma mulher em sua companhia, Sr. Gilson. Obstruir a Justiça pode acarretar problemas a vocês.

Zenaide olhou seriamente para o marido, esperando reação dele.

— Tudo bem — rendeu-se a esposa. — Deixamos a mulher de fora porque não desejamos que o assunto se espalhe. Não é por outro motivo.

— Como assim?

— Nosso patrão tem uma boa reputação, coisa que o senhor já sabe. Não queremos que se noticie que ele estava com uma mulher de programa aqui. Pega mal. Ela, a moça, também poderá sofrer, se a mídia ficar sabendo. Entende?

— Sim. Qual o nome dela e como é?

— Anilda é o nome dela. Moreninha, esbelta, bonita — descreveu-a Gilson.

A esposa atirou um olhar de desaprovação. Cismou.

— Anilda, o mesmo nome da falecida esposa do patrão — intrometeu-se Zenaide.

— Será por isso que se envolveu com ela?! — Mais comentou do que perguntou o delegado.

— Quem sabe — soltou Zenaide.

— Notaram algum problema ou algo estranho entre eles?

— Não — respondeu Gilson. — Pareciam amantes, namorados. O patrão nos dispensou à tarde para que ficassem sozinhos.

— Pareceu-me mais que um simples caso — emendou Zenaide. — Parecia o começo de um namoro. Nada vi de errado.

— Tem antiofídico aqui?

— Tem — confirmou Gilson. — Quando cheguei, já era tarde. Quem imaginaria que os dois, animados, fossem se deitar lá no mato. Quando se namora, não dá para prever o que se fará. Estou certo, delegado?

— Está. As emoções nos levam ao desconhecido. Quem sabe, deu azar. Nessa mata tem cobra coral?

— Tem. Já avistei.

— A verdadeira?

— Aí não sei dizer.

— Gostaria que vocês me levassem ao local onde Dálcio estava quando foi picado.

— Sim — prontificou-se Gilson. — Podem me seguir.

No local, o delegado fez indagações detalhadas sobre a cena encontrada por Gilson, ao socorrer Dálcio.

A morte de Dálcio logo ganharia espaço nos jornais e repercutiria na população, sobretudo nos mais achegados. Embora a morte por picada de cobra soasse um tanto estranha, a fatalidade não provocaria tanta revolta ou indignação quanto um assassinato ou latrocínio.

O delegado Dolmar, depois de analisar a cena em que ocorrera o acidente, não encontrou sinal que lhe desse pistas de assassinato. Por ora, concluiu que, não havendo indícios de crime, não poderia apontar suspeitos. A morte de Dálcio foi uma infeliz fatalidade.

*

Desde que fora deixado pela esposa, Tewal passou a andar desanimado. A felicidade foi com ela. Quanto a ele, ficou com a tristeza. Não havia mais nem futuro, nem planejamento. Passou a viver de momentos de distração. Com o objetivo de sufocar a infelicidade que o habitava, fez-se seguidor dos amigos em todo tipo de diversão. Passou a beber demasiadamente. Dificilmente parava em casa.

Na sexta à noitinha, logo após o trabalho, entediado, por não saber em que ocupar seu tempo livre, decide procurar amigos com os quais não se reunia ultimamente. Sua mente selecionou dar um pulo na casa de Luciano. Tinha estima por Luciano, o qual também lhe retribuía afeto. A síndrome de Down de Luciano não era problema na relação entre eles. Poderia haver disputa, desentendimentos, mas tudo era levado na esportiva.

Ao chegar em frente à casa de Luciano, um rapaz de cabelo ruivo, alto, corpo tipo atlético acionou a buzina. Repentinamente ele aparece de bermuda, sem camisa, com algo enrolado debaixo do braço.

— Hei! Está fugindo da polícia?

A isso, Luciano deixou cair o que trazia e correu ao encontro de Tewal. Abraços os envolveram.

— O que deu em você para aparecer aqui? Já fazia tempo...

— Estou entediado. Precisava dar uma volta. Lembrei-me do amigo.

— Estava na hora.

— Para onde está indo?

— Estamos de partida para um acampamento em Seropédica, Rio de Janeiro. Vamos para uma mata bem legal, que fica próxima da moradia de um novo amigo. Ele se chama Dumar. Você está convidado a vir conosco.

— Como posso?! Não tenho nada junto comigo.

— Isso não é problema. Lembra-se das muitas vezes em que fazíamos aventuras, sem ter quase nada? Sempre nos viramos. Não é agora que vamos travar, não é?

— Eu topo. Estou precisando.

— Eu imagino — expressou, referindo-se à separação do amigo. — Ah! Quero lhe apresentar o amigo João — indicou, quando o referido vinha em direção a eles, já perto do carro de Luciano, trazendo pertences.

João, um rapaz gordinho, cabelo pintado, vivia grudado no celular. Assim que os dois se cumprimentaram, João deu as costas para buscar mais pertences.

— João! — advertiu Luciano — Não vá me levar celular! Está proibido.

— Não, não vou levar. Pode deixar.

— Por que não? — inquiriu Tewal. — Pode haver uma emergência.

— Somente eu levarei um celular para um caso de emergência. Ninguém poderá usá-lo, senão para isso. Ficará na bolsa e desligado. Nosso acampamento será uma espécie de reavivamento do início dos anos de mil e quinhentos, nascimento do Brasil. Vamos imaginar como foi a vinda de Cabral ao Brasil. Sentiremos o canto dos pássaros, dos grilos, assim por diante. Teremos uma vida primitiva, tipo a dos índios. Não acha legal?

— Amei a ideia. Vai ser legal darmos uma volta ao passado.

— Já que está animado, que tal nos ajudar?!

— É só dizer o que posso fazer.

Com a ajuda de Tewal, logo estavam de partida. Houve um viva de alegria ao deixarem o local. O carro de Tewal ficou na garagem.

— Como é, você e seu pai voltaram a se falar numa boa? — indagou Luciano, ao volante.

Tewal já esperava pelas interrogações de Luciano. Conhecia-o. Luciano era uma pessoa calma, acessível. Fora criado em ambiente tranquilo, e muito orientado pelos pais, a quem tinha em elevada estima. Tewal gostava dos conselhos do amigo, embora nem sempre levados a sério. Desta vez precisava considerar um pouco mais os pareceres que viriam.

— Infelizmente não — expressou, meio que embaraçado em confessar.

— Ah, você é o cara largado pela esposa — interveio João. — Acho que agora, ao saber que você foi largado pela esposa, teu pai vai te condenar ainda mais. Já conheci casos parecidos. Infelizmente um deles morreu sem antes estabelecer as relações de paz. Alguns têm caráter duro demais.

— No caso de Dálcio, o qual conheci — arrazoou Luciano —, não vejo que seja caráter ruim. No fundo, é o modo dele de agir perante as frustrações do filho. Do que se subentende que deseja o melhor, quer que o filho tenha sucesso na vida. — Voltou-se para Tewal. — Amigo, você errou muito no começo. Portanto, não dá para culpar somente seu pai. Melhor é se superar para mostrar a ele que você busca vencer, apesar dos fracassos.

— Já estou fazendo isso acompanhando vocês. Vou esfriar a cabeça, repensar tudo. Sabe, depois que fui expulso de casa, nunca tive uma boa relação com meu pai. Foi sempre tudo muito formal. Acho que meu pai não acreditava que meu relacionamento com Jaquel desse certo. Acabou acertando.

— E o que fez para quebrar esse gelo entre vocês? Talvez seu pai tenha dificuldade em voltar a ter uma relação mais amigável, mais estreita em confiança em você. Reconheço que alguns pais têm esse problema. Então aja. Faça alguma coisa diferente.

— É, pode ser que tenha razão. Mas o que poderia fazer?

— Não sei. Só que terá tempo para pensar nisso lá no meio da mata. Mas lhe dou uma dica: pense no que mais toca as emoções de seu pai. Ele deve ter uma brecha de sensibilidade, a qual poderá explorar.

— Meu pai gosta de muita coisa. O que mais sentiu foi a morte da minha mãe. Depois disso, nunca mais teve outra mulher, pelo que sei.

— Já está indo bem. É assim. Vai chegar lá até o fim de nossa aventura.

— Agora vamos dar uma pausa no assunto e nos concentrar no acampamento — anunciou João. — O relaxamento é importante para Tewal.

Concordaram.

Cerca de uma hora depois, chegaram à casa do amigo Dumar, um jovem decorado com tatuagem pelo corpo e piercing nas orelhas; e muito festeiro. Mas era um cara bom. Os pais e a irmã haviam partido para a Alemanha, no dia anterior. Recepcionou os amigos com latinha de cerveja e abraços. Demonstrava-se eufórico. Outros amigos lhe faziam companhia.

Sem demora, puseram-se a caminhar para o interior da mata. Teriam que subir um longo trecho até chegarem à parte mais alta. Daí percorreriam caminho acidentado, atravessado por riachos e córregos. Tinham por perspectiva aprontar o acampamento depois do meio-dia.

Dentro da noite, em meio a inúmeros ruídos característicos da selva e ao crepitar do fogo no centro das barracas, apreciavam o jantar, com carne, pão e cerveja. Embora cansados e com algumas cicatrizes do corpo a corpo com a mata, encontraram energia para trazer à tona histórias assustadoras. A realidade dura dos tempos antigos foi explorada ao máximo. Serviu de reflexão, para cada qual, sobre a vida que levavam. Tewal se sentiu mais tocado, mais sensibilizado.

*

No velório, Jaquel, ao circular entre os presentes, pensativa, ouvia os buchichos sobre Tewal. Se antes restava uma certa dúvida quanto ao caráter de Tewal, confirmava-se que de fato não prestava. Os comentários até perversos sobre a pessoa do ex incomodaram profundamente a Jaquel. A desonra se estendia a ela também por ter sido a esposa dele por anos. Sintomas de mal-estar lhe sobrevieram.

Mas por outro lado se revoltava com a atitude de Tewal. Bem poderia ter feito o esforço de estar presente. Não se importaria em dar de frente com ele. Suportaria. Sabia da estranheza da relação dele com o pai, mas poderia ser superada com presença respeitosa no velório. Não conseguia conceber a ideia de que seu ex seria tão desalmado, de coração tão duro a ponto de não demonstrar nenhuma compaixão para com seu pai e consideração para com os que o velavam.

Na segunda de manhã, na hora aprazada para o enterro de Dálcio, olhares se voltavam para quem chegava, na expectativa de que Tewal aparecesse. O desapontamento subia e se transformava em indignação. Por fim, o sepultamento chegou. Palavras de enaltecimento da pessoa de Dálcio foram lançadas aos ouvidos de todos, para em seguida darem o adeus.

*

No mesmo horário do sepultamento do pai, Tewal e amigos retornavam do acampamento. À tarde, Tewal tinha compromisso com o trabalho. Ao chegar à casa de Luciano, Tewal toma o volante para se retirar. Luciano foi até ele para dar tchau.

— Não deixe de fazer uma surpresa ao seu pai, conforme nos disse — alertou Luciano, batendo de leve nas costas do amigo. Depois me conte o resultado.

— Fique tranquilo.

Enquanto dirigia, Tewal maquinava como abordar o pai e lhe pedir perdão por todo o desgosto que lhe causara. Talvez o pai, no primeiro contato, jogaria na cara o que aprontou na vida, dando-lhe um sermão. Precisava ser frio para suportar. E a coragem, onde a buscaria? Estava em baixa emocionalmente. A própria mente já o punha para baixo, apontando-lhe culpa. Como faria para superar o negativismo e ser franco com o pai?

Parou num barzinho e comprou três latas de cerveja. A bebida o relaxaria e lhe daria a coragem para encarar o problema.

Ao chegar ao edifício, o segurança, educadamente, foi até ele para estender seu pesar, através da janela do carona, cujo vidro estava à meia altura. Mas, antes de proferir as palavras de sentimento, seu olhar esbarrou nas latinhas de cerveja.

— Meus pêsames, senhor.

Tewal lhe deu uma olhada de reprovação e acelerou. Interpretou que o segurança estava zoando por causa da cerveja. No pensamento de Tewal, estava seguro ali dentro do pátio. Não seriam três latinhas de cerveja que o levariam à morte.

Nos instantes seguintes, estava acionando a campainha do apartamento do pai. A porta se abre, e ele dá de cara com uma senhora de cabelos grisalhos, calculadamente na faixa dos sessenta anos, que não reconhecia. Pôde divisar que atrás delas havia outras pessoas. Estranhou. Logo lhe subiram à cabeça as palavras do segurança.

— O que está acontecendo aqui? — indagou, espionando o ambiente.

Tendo em mente os comentários proferidos durante o velório, a senhora o puxou para um lado.

— É melhor ir embora — recomendou, sob os olhares furiosos dos demais.

— Não. Esta é a casa do meu pai. O que está havendo? Digam-me! — falou, em tom elevado.

— Tenha respeito — censurou-o. — Seu pai faleceu.

— O quê? — Emudeceu, ao correr os olhos para os outros. O rosto foi coberto por uma nuvem de lividez. Sentiu o corpo petrificar-se. A vergonha se juntou aos demais sentimentos.

— Não pode ser. Queria falar com ele, pedir perdão. Não me deixou fazer isso.

Deixou a senhora para trás, seguindo até a cozinha, e de lá foi caminhando até parar em frente ao sofá, onde se encontravam parentes e amigos do pai.

— Meu pai morreu? — indagou, ainda sem se dar conta da realidade.

— Seu pai faleceu e já foi enterrado — falou o irmão de sua falecida mãe. — Severamente acrescentou: — Que vergonha não se despedir do pai! Quando se tornará homem?

Desprezando a repreensão, voltou à cozinha. Os sentimentos devastadores lhe encheram a mente. O pai, em carne e osso, não estava mais ali; a figura de referência se fora, ficando o vazio pelo resto da vida. As fotos, embora significativas, não teriam vida em si, não poderia receber delas nenhum abraço, afago; e delas não ouviria nenhuma palavra consoladora; e nem mesmo as palavras de repreensão que estava disposto a ouvir.

As lembranças que carregava em sua memória seriam como depósito de antiguidades. O passado não mais voltaria. Não tinha como voltar para lhe dizer que o amava, apesar das intrigas; de lhe pedir perdão e restabelecer a paz para um convívio salutar. O pai também não mais estará no futuro. Nenhum esforço que fará para uma vida melhor terá o reconhecimento do pai.

Lá na sala, os comentários depreciáveis continuavam.

— Ele está com bafo de cerveja — comentou a irmã de Dálcio ao marido.

— De certo que veio desses lugares imundos — insinuou o marido.

— Que vergonha, um filho desse que desonra o pai até no dia do seu sepultamento — expressou uma moça, filha de amigos de Dálcio. Abraçou os pais com firmeza para reforçar seu apreço pela família.

— Tem razão, filha — disse-lhe a mãe.

De repente, Tewal passa por todos e vai para o corredor da casa. Quando volta, vê entrar na casa uma pessoa indesejável: Técio, seu primo. Os dois nunca se deram bem. A encrenca começou com a morte de Anilda. Técio era muito apegado a ela. Via-a como sua segunda mãe. Anilda também sustentava uma relação fraterna para com ele. O ciúme entre Tewal e o primo se ascendeu. No velório de Anilda, Técio acusou Tewal de ser um assassino. Houve reação.

Agora numa situação parecida com a anterior, as duas feras se veem frente a frente. Qualquer palavra mal-empregada, ou um olhar incriminador, poderia acionar as emoções para uma nova briga. Técio era valente.

— O que está fazendo aqui, seu crápula? — Técio o afrontou, com gana de avançar.

Tewal o ignorou, sabendo do propósito do outro. Já bastava tudo de errado que vinha lhe acontecendo; não poderia cair na provocação.

— Veio até aqui para fingir que lamenta a morte de seu pai, não? Não vamos nos convencer com o seu teatro de emoções. Trate de se retirar, seu bêbado!

— Quer calar a boca, seu imprestável!? Não me faça perder a cabeça. Pois, se isso acontecer, vou arrastá-lo para fora da casa do meu pai.

— Deixe de conversa mole, seu bêbado imundo. Está cuspindo álcool. Bebeu para encenar melhor?

Com os nervos acalorados, para abrir passagem até a porta de saída, deu um encontrão de corpo, levando o primo ao desequilíbrio e fazendo-o parar entre a parede e a porta. Rapidamente, Técio se ergue para mandar um punho fechado contra o queixo do algoz. Tewal desnorteou-se, vindo a tombar.

Os demais não se envolveram. Acreditavam que Tewal merecia uma surra por tudo que aprontou. Se o pai não lhe batera, estava na hora de isso acontecer.

Quando Tewal se põe de pé, com a boca sangrando e a cabeça baixa, faz uso do olhar enviesado para localizar o primo. Tendo-o na mira, num repente, salta sobre ele com um pontapé. Atinge-o nas costelas. Momentaneamente, Técio paralisou-se, faltando-lhe ar. Tewal aproveitou para escapar pela porta.

Não se deixando humilhar, Técio foi atrás. Tewal tentou o elevador, mas estava descendo. Optou pela escada. Porém, antes que alcançasse o primeiro lance, sente as mãos de Técio sobre ele. Os dois são levados ao chão. Passaram a se agarrar, para desferirem agressões mútuas.

O barulho trouxe os vizinhos ao corredor. Imediatamente, alguns homens se juntaram para detê-los. Tewal aproveitou o momento para descer as escadas. Técio fingiu que estava tudo bem, para aproveitar a liberdade e correr atrás de Tewal. Ouvia-se o eco do pisar apressado e das mãos atritando-se com o corrimão.

No último andar, ao desaparecer pela porta, Tewal armou-se, colocando-se à espera do primo. Quando surgiu, passou-lhe a perna, levando-o ao piso. Por impulso, arremeteu o pé contra o tórax, imobilizando Técio, por tempo suficiente para se debandar ao carro e sair acelerando.

— Maldito primo — esbravejou ao volante, ganhando a estrada.

CAPÍTULO 6

No amanhecer de mais um dia, Tewal acorda com o coração disparado. Sonhou com a morte do pai. Pôs-se a pensar se aquilo era realidade ou apenas um sonho. Sua mente estava confusa. A noite do dia anterior fora regada por muita bebida. Foi o mecanismo de escape que encontrou para lidar com o sofrimento. No entanto, os efeitos aprofundavam ainda mais a dor. A realidade batia à porta. Por mais que empurrasse para o lado, sempre voltava. Era impiedosa, insistente.

Decidiu se desafiar pondo-se de pé. Foi à cozinha, preparou o café, ao mesmo tempo que colocava o pensamento para refletir sobre o modo de vida que levaria a partir de então. O pai não mais fazia parte de sua vida. A mãe se fora há muito; uma perda que provocara. Agora, ele mesmo teria que ser referência para si. Não havia ninguém mais íntimo em quem pudesse se nortear.

O sentimento, fazendo-se juiz, aponta que deveria desenvolver coragem para mudar seu rumo, ou então a desgraça estaria à sua espera. Não havia mais aquela que chamava de mãe, não havia mais aquele que chamava de pai, e nem mesmo aquela que chamava de esposa. Tornara-se um eremita sem o afeto primário.

As estacadas que vinham de dentro de si dispararam o temor e o medo. Foi até a janela, numa tentativa de encontrar inspiração. O tempo lá fora estava nublado. Os passarinhos cantavam com alegria. Não estavam nem aí para a dor e as preocupações que lhe ocorriam. Ou seria um aviso de que deveriam levar a vida adiante, sem patinar nas lágrimas da lamentação? Mas havia um canto triste, pôde captar. Seria um canto de perda, sentimental? Ou deveria, em memória dos pais, tocar a vida para honrá-los, mesmo que não estivessem presentes? Pediu a Deus que o ajudasse.

Sentindo-se melhor, vestiu calça jeans, camisa de manga longa, e tênis. Já tinha destino planejado e objetivo em mente. Iria para o sítio em Teresópolis.

Demorou perto de uma hora, aproximadamente, para chegar ao destino. Uma leve chuvinha caía do céu.

— Está faltando alguma coisa por aqui? — perguntou ao casal ao chegar, bastante pensativo.

— Não — respondeu Gilson. — Apenas não sabemos como ficará a situação aqui quanto a nós. Estamos preocupados.

— Não esquentem a cabeça. Vai continuar como está. Qualquer mudança, avisarei com antecedência. Gostaria que me relatassem: como foi que meu pai faleceu?

Antes de Gilson começar a falar, pediu que entrassem. Sentaram-se frente a frente. Enquanto Tewal ouvia o relato, Zenaide preparava o café para a visita.

— Meu pai estava acompanhado de uma mulher?! Isso acho estranho! Ele não se envolvia com mulheres, desde que minha mãe faleceu, pelo que sei.

— Nisso está certo. Só que, pelo que observei, estava gamado nela. Via-a como especial.

— E quem é essa mulher?

— Aí, não sabemos. Seu pai guardava segredo sobre a identidade dela. Falou-me que ela era uma mulher de programa. Mas não era, pelo que vimos.

— Verdade — confirmou Zenaide. — Havia mais entre eles. O nome dela é Anilda.

— O quê?! — expressou Tewal, incrédulo.

— É isso aí — asseverou Gilson. — Creio que é por esse motivo que seu pai se envolveu com ela; além da beleza, é claro. Seu pai sempre me dizia que amava muito a esposa; que igual a ela não existia. Voltaria a um relacionamento somente se encontrasse uma mulher parecida. Talvez tenha encontrado nessa um pouco do que havia na esposa.

— Mas seria ela, mesmo, uma mulher de programa? — questionou Tewal.

— Provavelmente, foi este o motivo do sigilo: apaixonou-se por uma mulher de quem poderiam falar as más línguas. Lembre-se de que o amor não olha para isso. Mas lhe garanto que essa tal de Anilda não é uma mulher qualquer, não.

Tewal ficou a absorver as palavras de Gilson. Não podia tecer comentário sobre o pai. Ele mesmo se envolvera com tantas mulheres, de todos os níveis. O pai ganhava de longe em matéria de conduta moral.

— É melhor deixarmos de lado isso — recomendou Tewal, batendo com a palma da mão na mesa. — Só não comentem sobre isso com mais ninguém.

Eles concordaram. Pensavam o mesmo.

*

Jaquel dormira até as sete da manhã. Fazia tempo que não se entregava ao sono tão profundamente. Espreguiçou-se, pondo-se de pé para tomar uma ducha. Precisava apagar os resquícios do sono. Passou pente no cabelo e desceu.

— Bom dia, pai! — cumprimentou, com disposição.

Ele não retribuiu de imediato.

— Está noite ouvi você pronunciar o nome Tewal — desabafou, virando-se para ela.

— Não me lembro de nada. Afinal, estava dormindo. Provavelmente sonhei com ele. — Ela o encarou, cismada. — E o que isso tem a ver com o seu mau humor?

Ele se manteve calado. Matutava.

— Responda-me com sinceridade, filha: você se encontrou com ele ultimamente?

— Evidentemente que não — respondeu, em tom de indignação. — Que é isso, pai? Interrogando-me a estas horas?

— Você ainda sente algo por ele?

— Se estou sentindo, não sei dizer ao certo. A separação é recente. O importante é que já me separei dele. Os sonhos trazem à tona situações de nossas vidas, e não temos como controlá-los. Além disso, essa questão é de minha alçada. É problema com o qual o senhor não deveria se incomodar. Não me controle, não se preocupe. Viva sossegado.

— Está enganada: pois, se você sofre, eu também sofro. Não quero que volte às mãos dele para sofrer outra desilusão.

— Não exagere, pai! Não se perturbe com o que não existe.

— Inconscientemente ainda o protege, pelo que percebo.

— *Inconscientemente*! — soletrou. — Ainda bem que não é o contrário — ironizou.

— Lembre-se de que ele não presta.

— Chega! Chega, pai! — Deixou a cozinha, irada.

A fuga era um meio que Jaquel sempre usava no calor de uma discussão ou desentendimento. Ela sabia que o pai não tinha controle; sendo assim, fazia-se de freio para que ele não passasse dos limites. Por sua vez, Licemar tinha conhecimento da estratégia adotada pela filha. Autocensurava-se por ela sempre ter de fugir. Não conseguia, de jeito nenhum, puxar as rédeas sobre si mesmo.

A personalidade de Licemar fora desenvolvida em meio a uma família muito conturbada. O pai e a mãe viviam em constantes conflitos. A irmã saiu de casa, fugindo com um rapaz. O irmão, mais velho que ele, ameaçou o pai, numa discussão acalorada, ao levar um tapa na cara. Depois disso nunca mais retornou. Licemar desenvolveu revolta, desejando perfeição, para que nada desandasse. Queria evitar que a filha tivesse uma vida infernal como a da mãe dele. Era uma pessoa que visava o bem.

Jaquel, por outro lado, fora criada num ambiente melhor, apesar de uma vida dura, visto que os pais eram pobres. Contudo, a disciplina e o respeito para com os membros da família punham ordem no lar. Jaquel se irritava, às vezes, com os conselhos e castigos que recebia. No entanto, mais tarde reconheceu que tudo o que os pais fizeram a ajudou a desenvolver uma boa personalidade.

Passados alguns minutos, Jaquel retorna à cozinha. Como das outras vezes, às costas do pai, envolvendo-o com os braços, sem dizer palavra alguma. Fazia uso desse artifício, porque sabia do resultado. Se o pai era explosivo, tinha a fraqueza de ceder, dobrar-se a esse tipo de reação da parte dela...

— Vamos tomar café?! — falou ele, ao se dirigir à mesa.

— Vamos. O cheirinho é convidativo.

Ambos sorriram.

*

Saindo do sítio, Tewal foi ao apartamento do pai.

— Oi, Merli! — disse à moça que cuidava do apartamento.

— Bom dia! — pronunciou formalmente.

Merli, uma moça de cabelos longos, religiosa, de óculos, era filha de um amigo de Dálcio. Tinha-a como familiar.

Tewal entrou nos cômodos da casa, examinando-os, compenetrado. Lembranças lhe vinham à mente. A imaginação fustigava os sentimentos. Retornou para Merli.

— Sei que deve estar preocupada com seu futuro nesta casa. Pode ficar aqui até encontrar um lugar de que realmente gosta. Você sempre foi muito querida.

Merli deu um suspiro de alívio. Até sorriu.

— Tem alguma novidade? — indagou ele. — Estou me referindo ao meu primo, à situação dele.

— Pelo que sei, ficou com alguns ferimentos. Mas falou que vai se vingar.

— Pensei que daria queixa na delegacia.

— A prima dele comentou que Técio desejava isso. Mencionou que o senhor estava bêbado, perdeu o controle; aliás, que dirigia nessa condição. Mas os demais o dissuadiram de fazê-lo. Mas creio que falou no momento de muita raiva. Contudo, é bom se cuidar no próximo esbarrão com ele.

— Não fará nada.

— Sempre é bom se cuidar em casos assim. Não é bom subestimar quem promete vingança.

— Não vá para esse extremo. Nada vai acontecer.

— Na verdade, sou realista.

— Levarei comigo a advertência.

— Que bom.

— Obrigado pela preocupação. Preciso mesmo evitar mais problemas. Vou indo. Tchau!

*

Nos últimos dias, Jaquel sentiu que seu corpo agia estranhamente. Um grau de preocupação subiu-lhe à mente. O que estaria acontecendo? Leves e gradativas manifestações podiam ser indício de algum problema de saúde. Temeu pensar sobre essa possibilidade. Mas veio-lhe a desconfiança de que poderia ser gravidez. Como nunca engravidara, não conseguia afirmar nada.

Embora não acreditasse estar grávida, a diminuta ideia de ter um filho, ser mãe, provocava o coração. Sentia-o acelerar. A imaginação também entrava em cena. No entanto, precisava frear a empolgação, pois poderia cair em decepção. Isso seria um golpe para os sentimentos. Em contraposição, vinham as preocupações. Criar um filho sozinha não seria fácil. Mas muito pior seria o surgimento de problemas originários da gestação.

O pensamento foi buscar a lembrança de uma amiga, com dois anos a mais que ela. A amiga sentiu-se empolgada, com os sintomas do corpo, que a princípio indicavam estar grávida. Contou aos parentes e amigos que a bênção de gerar um filho estava em processo. Pouco depois, veio a dolorosa frustração: tratava-se de uma falsa gravidez.

Jaquel sentia a necessidade de confidenciar o dilema por que passava com alguém. De pronto, a pessoa que lhe veio à mente foi Dalita. Era a melhor das amigas, com a qual se sentia à vontade revelar-se nos assuntos íntimos. Mesmo assim, aguardaria mais um tempo antes de conversar com a amiga.

Com ânsia, ligou para o médico, o Dr. Dijálson, para marcar consulta para o dia seguinte. O doutor seria rápido em atendê-la, já que vinha sendo acompanhada por ele no tratamento que lhe administrava para que pudesse gerar um filho.

No dia seguinte, recebeu do Dr. Dijálson diagnóstico preliminar de que estaria grávida. A certeza só viria com a realização do exame recomendado.

Com a notícia, mesmo que incompleta, Jaquel quase que não se conteve de alegria. O coração pulou. Seus olhos brilhavam intensamente;

o sorriso reluzia com intensidade. Tinha vontade de sair gritando, dizendo a todos que se tornou capaz de gerar um filho. Um nevoeiro negativo paira sobre a cabeça: Tewal. Que pena não poder correr para ele e lhe informar que se tornaria pai. Seria um momento de júbilo, inesquecível. Agora precisava dele, mas não o tinha; despachou-o de sua vida. O filho com que tanto sonharam surge após a separação. Um foi, e outro virá em sua vida.

Saindo do consultório com o pensamento voltado para o ventre, o mundo ao redor não mais lhe importava, mesmo não tendo a certeza de carregar um filho. O desejo de tê-lo parecia iludi-la totalmente. A cautela nem sequer foi acionada. Não lhe importava a duração da euforia. O sonho se tornava realidade, o desejo se transformava em realidade. Agora se sentia normal, como as demais mulheres que geram filhos. Sentia a emoção de uma gestante e o que é ser mãe.

Entretida em suas emoções, alcançou a faixa de segurança, indo atrás da multidão que liderava a travessia. Do outro lado acontecia o mesmo. Quando os dois grupos se cruzavam, Jaquel foi atingida por um ciclista irresponsável, levando-a ao chão.

Entre as pessoas que vinham em sentido contrário, estava Tewal. Caminhava cabisbaixo, entretido nos problemas. De súbito, entrou em alerta máximo ao ouvir a voz familiar. Os passantes foram abrindo espaço ao tombo de Jaquel. Porém, antes que batesse com a cabeça no asfalto, Tewal se lançou, pondo a mão entre a cabeça e o solo, evitando o impacto.

— Jaquel! — expressou ele.

— Tewal! — exclamou ela, olhando fixamente nos olhos dele.

— Você está machucada? Aquele desgraçado! — xingou, olhando na direção dele.

— Não. Só uma pequena dorzinha no ombro, onde fui atingida.

Foi erguida por ele e conduzida até um dos bancos na pracinha logo ao lado.

— Aguarde-me aqui por uns instantes. Vou buscar água.

— Não precisa.

Ele lhe deu as costas antes que ela terminasse de falar. Em um instante estava de volta, ofegando, resultado da corrida de volta. Trazia uma água e um copo.

— Tem certeza de que não precisa de um médico?

— Tenho. Não foi um caminhão, e sim uma bicicleta — ironizou, envergonhada com os olhares de outros.

— De onde vinha? — indagou, cismado, sabendo que não muito longe dali se localizava o consultório do Dr. Dijálson.

— Estive no médico.

— Algum problema?

— Apenas consulta de rotina. Sempre cuido de minha saúde. Agora preciso ir. Obrigada por me ajudar.

— Não. Espere um pouco. Precisa descansar mais um tempo. Depois, sim.

Mesmo que uma parte de si quisesse partir, uma outra, mais forte, a fez permanecer, lembrando-a de que aquele homem à sua frente era pai do filho que carregava, fruto do amor que trocaram; embora, no momento não lhe contasse da novidade, muito em breve teria de fazê-lo saber da bênção de ser pai.

— Como está você? — perguntou-lhe Jaquel.

— Até há poucos minutos, estava com o astral em baixa. Porém, depois que esbarrei com você, subi às alturas. Você me faz bem.

— Não me venha com essa conversa. Entre nós, tudo acabou.

— Formalmente, sim, mas vejo que ainda existe algo que a liga a mim. Não creio que deixou de me amar tão repentinamente. Está abafando o que há lá dentro do seu peito.

— Já lhe disse que basta. Estamos separados.

— Mas não emocionalmente. Ainda há sentimentos vivos entre nós.

— Mais uma vez: agradeço sua ajuda. — Ergueu-se.

No que ia embora, uma buzina foi acionada. Voltaram-se para ver de quem se tratava. Jaquel estampou decepção ao reconhecer o motorista como vizinho do seu pai. Já imaginava o que poderia acontecer.

— Que droga! — murmurou.

— Por quê?

— Se meu pai souber que conversamos, vai querer matá-lo.

— Não foi por querer. Tinha que acontecer.

— Ele não vai acreditar. É melhor evitá-lo. — Lembrou-se da tentativa que, por sorte, não dera certo.

Houve uma troca de olhares, antes de ela partir.

Céli Soares havia programado viajar na quinta à tarde. Tinha destino costumeiro de viajar para Minas Gerais, mas especificamente para Governador Valadares, sua terra natal. Os familiares residiam lá. Sempre nas folgas, mandava-se para lá.

À noite, quanto Tewal retorna ao lar, foi até a geladeira, mas não encontrou nada que lhe caísse bem para jantar. Desejava algo salgado. Para matar a fome e afastar maus pensamentos, pôs-se a preparar arroz com bife; e pepino em conserva. Mais do que isso não podia se esperar. Depois de degustar, satisfez-se. Estava bom.

Mais para dentro da noite, sentindo-se sozinho, com estômago ainda pesado, foi dar uma volta a pé, já que a bela noite o convidava. Ao contemplar os atros Lua e estrelas, ocorreu-lhe lembrar-se de que tinha em sua vida um astro: a esplendorosa ex-esposa. Se a Lua, as estrelas e o céu o cativavam, Jaquel muito mais, pois era a estrela do seu lar. Cativado, sentou-se na mureta de uma residência, com o olhar preso ao céu.

— Boa noite — disse-lhe um vizinho que voltava da igreja. — Belo espetáculo, não?

— É. Estava aqui pensando que eu tinha uma estrela lá em casa: minha esposa. Era linda de se contemplar. Agora só me resta olhar para o céu.

— Faz bem em olhar para a natureza. Ajuda-nos muito. Embora não fale, nos seus movimentos e beleza, encontramos orientações importantes para tudo.

— Creio que sim. Mas não sei ou não entendo o que ela quer me dizer? Eu amo Jaquel, mas perdi-a por forças sobre as quais não tinha controle. Estou solitário.

— O que vê ao olhar para o céu?

— Beleza.

— Essa mesma ordem permite que haja vida na Terra. Agora lhe pergunto: como isso pode ajudar você?

— Está dizendo que há uma desorganização na minha vida? É, isso, é.

— Sua vida era bela porque tinha uma esposa que ama. Por que sua vida não é mais bela? Diga.

— Sei. Perdi Jaquel.

— Lembra-se de por que a perdeu?

Tewal demorou para se pronunciar. O questionamento abriu-lhe a mente.

— Cometi um pecado.

— Sua ação rompeu a ordem. Por isso sua vida perdeu a alegria, a beleza. Mas não desanime. Faça como a natureza. Se voltar a colocar ordem em sua vida, voltará a ser feliz.

— Mas e se ela não voltar?

— Não poderá saber, a não ser depois que sua vida estiver em ordem.

Tewal se calou. Ficou tocado com as palavras do amigo e vizinho. Conversaram por mais uns minutos e depois Tewal o acompanhou por um trecho.

*

Técio não tinha jeito. Nos últimos dias passou a mentalizar como poderia revidar a humilhação que sofrera no apartamento de Dálcio. Sabendo da rotina de Tewal, por espiá-lo em dias anteriores, foi se colocar à espreita, perto das vinte e uma horas. Estando tudo calmo, pulou o muro e seguiu até perto da garagem, passando em meios a plantas frutíferas e árvores. Um toldo descia sobre a entrada. Viu dificuldade em entrar por ali.

Optou por entrar pelos fundos da garagem, onde a porta, geralmente, se mantinha aberta. Foi para lá em passos ligeiros, por sobre uma estreita calçada que a ladeava. Assim que atravessou a porta, um estampido detonou um projétil, que foi se alojar na sua cabeça, tombando Técio, imediatamente.

*

Nessa mesma noite, Jaquel retorna a casa tarde, Depois do expediente, foi lanchar com sua amiga de trabalho, Fiona. Um temor a cobriu. A garagem estava vazia. Onde estaria o pai? A mente lhe trouxe a possibilidade de que o pai ficara sabendo do seu encontro com Tewal. Não podia ser! De novo o pai aprontando? Mas que droga!

Muito nervosa, ligou para Tewal, mas não houve recepção. "Talvez o pior tenha acontecido", ocorreu-lhe. Lançou-se ao volante, indo atrás. Ao chegar perto da residência que era sua, uma viatura da polícia a ultrapassa, estacionando em frente à casa do ex. O coração se tornou indomável. A tremedeira e o nervosismo cortaram o fluxo, a razão. Pelo retrovisor, percebe outra viatura.

— Não, Deus, meu pai não pode ter feito isso!...

Manobrou para se esconder em casa. Não estava com cabeça para dizer nada. Lágrimas, na parede do rosto, rolavam. A visão perdeu a nitidez, colocando-se por muitas vezes em perigo. Buzinas denunciavam que estava mal ao volante. Por fim chegou ao lar. Viu o carro do pai na garagem.

— Pai — entrou dizendo aos prantos.

— O que foi, filha?

— O que fez?

— O que fiz?! Nada de mal.

— Foi à casa de Tewal, não é, pai?

— Não, não. Por que filha? Estava numa roda de amigos, bebendo, comendo, cantando. O que aconteceu?

— Jura? — indagou, afastando as lágrimas do rosto.

— Mas por que está chorando, filha?

Ela o abraçou com força.

— Quando cheguei, não estava em casa. Pensei no pior.

— E o que seria?

— Deixe para lá. Vou subir.

CAPÍTULO 7

Quando Tewal foi dar uma volta, fez uso do caminho lateral da casa, perto da garagem. Atravessou o terreno vizinho, tomado pela mata. Ao retornar, fez o mesmo percurso. Nos primeiros passos dentro da mata, divisou luzes e vozes vindas da direção de sua casa. Lembrou-se das sirenes, quando estava em companhia do vizinho Anir. Tomou-se de preocupação. Acelerou os passos.

Já perto da divisa de sua propriedade, a luz de uma lanterna revelou seu rosto ao policial que fazia buscas.

— Levante as mãos — ordenou o policial, já de arma em mão.

— Calma. Moro aqui — falou, assustado.

— Vai ter que falar com o delegado.

Tewal foi conduzido diante do delegado Dorberto, um homem de cabeça rapada, bigode, e um rosto gordo, que no momento estava ao telefone.

— Senhor Tewal, conhece Técio, a vítima? — indagou o delegado, depois de se identificarem.

— Sim — falou, muito agitado, tentando entender o que havia acontecido. — É meu primo.

— Sabe o que ele veio fazer em sua casa?

— Não. Não sabia que viria para cá.

— Tiveram alguma rixa, recentemente?

— Sim. Na verdade, ele não ia com minha cara. Não sei lhe dizer exatamente o porquê.

— Então acredita que ele veio com o objetivo de se vingar, coisa desse tipo?

— Quem sabe — expressou, correndo as mãos pela cabeça, de agitação.

— Tem posse de arma?

— Não.

— Pode me descrever o que aconteceu aqui?

— Não. Não estava em casa.

— Por onde andava?

— Foi dar uma volta e depois fiquei a conversar com um vizinho da outra rua, Anir.

— Há que horas saiu para dar uma volta?

— Sei que foi antes das vinte e uma horas.

— Qual o trajeto que percorreu?

— Desci para a rua do outro lado e fui andando por um trecho de mais de um quilômetro. Sentei-me numa mureta para contemplar o céu. Fiquei por instante ali até meu vizinho passar. Ele vinha da igreja. Conversamos por um tempo e depois retornei com ele.

O delegado calculou o tempo. Geralmente os cultos terminam em torno das nove horas, para mais. Antes de Tewal se encontrar com o vizinho, teria tempo de agir.

— Por enquanto é só. Mas não saia da cidade.

— Aqui é minha casa.

O delegado atirou um olhar severo e se afastou para conversar com a investigadora Tarsila.

*

Em minutos, Jaquel retorna à cozinha, onde estava seu pai. Floresceu uma inquietação em seu interior. Precisava clarear a mente.

— Pai, se não fez nada contra Tewal, o que a polícia foi fazer na casa dele?

— Como sabe?

— Estive lá perto.

— O que foi fazer por lá?

— Pai, quando não o encontrei aqui, achei que tinha ido à casa dele...! Mas isso não importa mais. Quero saber por que a polícia foi parar na casa de Tewal!

— Deve ter aprontado alguma.

— Não acredito. Minha intuição não aceita isso.

— Sua intuição ou algum sentimento...

— Pai, não comece com sua marcação por cima de mim. Preciso saber o que aconteceu lá.

— Não se preocupe. Não tem mais nada a ver com ele.

— Não, pai; preciso saber. Ele foi meu marido. Dá licença...

Jaquel subiu para o quarto. Sem hesitar, discou para Tewal.

— O que foi que aconteceu? — indagou objetiva.

— Técio, meu primo, foi assassinado em minha casa. Não sei como isso pôde vir a acontecer na garagem da casa.

— Que terrível! — expressou, sob o efeito da notícia. — Lamento.

— Não sei o que está acontecendo comigo. Perdi o controle de minha vida. É tudo muito estranho o que vem me cercando, ultimamente.

— Calma! Apesar de ser difícil, e nem fazer ideia da dor que está passando, o que lhe peço é paciência. Tudo vai ficar esclarecido.

— Obrigado. Foi bom receber sua ligação. Mas como ficou sabendo assim tão rápido?

— Isso não importa. Liguei para me certificar de que não foi atingido diretamente. Fico mais aliviada, apesar da perda do seu primo. Entenda.

— Entendo — falou, sentindo a preocupação dela como um feixe de sentimentos por ele. Por mínima que fosse, ainda havia uma ligação; um cordão umbilical que sustentava sentimentos entre eles.

— Só mais uma coisa: como ele foi assassinado? — Ainda nutria dúvidas quanto ao relato do pai.

— Com um tiro...

Jaquel se viu livre das suspeitas que a incomodavam.

— Tchau! — Desligou antes que Tewal pudesse lhe dizer qualquer coisa.

No dia seguinte, o delegado Dorberto e a investigadora Tarsila bateram à porta da casa de Licemar.

— Bom dia! — cumprimentou o delegado, assim que Licemar abriu a porta. — Sou o delegado Dorberto e essa é minha colega Tarsila.

— Bom dia! — pronunciou Licemar, correndo os olhos neles, sentindo o temor varrer o corpo. — Entrem.

— Soube do assassinato Técio, ontem à noite, creio.

— Sim. Notícia ruim corre rapidamente.

— É. Onde estava ontem à noite?

— Num bar com meus amigos.

— Em qual bar?

— No bar do Theo.

— E isso a que horas?

— Das sete até depois das nove.

— Ficou por lá todo esse tempo?

— Sim.

— Tinha alguma rixa com Técio? — inquiriu a investigadora, que até o momento prendia o olhar sobre Licemar, para ver-lhe a reação.

— Não. Sabia que tinha rixa com Tewal. Aliás, brigaram após o funeral de Dálcio.

— E com Tewal?

Licemar pensou antes de responder, sob os olhares escrutinadores das autoridades.

— Serei franco: não gosto dele. E não o quero perto de minha filha.

— Já tentou agredi-lo? — A pergunta veio porque Tarsila soube de quando a polícia federal encontrara um facão de posse dele. Suspeitava que ele se dirigia ao sítio de Tewal.

— Tentar, não, mas que me deu vontade de esmurrá-lo, sim. Sou impulsivo quando me bate a raiva.

— O que o fez ficar impulsivo ontem à noite?

Licemar se intrigou com a pergunta.

— Ontem à noite estava de boa.

— Uma testemunha nos revelou que viu uma caminhonete com as descrições bem parecidas com as da sua... O que foi fazer por lá?

Licemar passou levou a mão ao queixo, vendo-se sem saída.

— Está certo. Estive por lá. Meu vizinho me contou que viu Tewal conversando com minha filha, na praça. Tinha a intenção de lhe dar o aviso de que não mais insistisse com minha filha para que voltasse para ele.

— Foi armado?

— Levei um cabo de machado, para caso precisasse. Mas não cheguei a entrar na residência dele. Nem o vi.

— Por que não concretizou o que desejava?

— A raiva havia passado. Lembrei-me de Jaquel, o que me fez refletir. Não queria magoá-la. Acabei desistindo.

— Percebeu algo de estranho que nos possa ajudar no caso? — interferiu o delegado, para concluir.

— Não. Estava centrado no meu problema.

— Precisamos falar com sua filha. Quando podemos conversar com ela?

— Ao meio-dia. Eu a avisarei.

Agradeceram ao se despedir.

*

Minutos após ao meio-dia, a dupla da polícia se fez presente à porta da casa de Licemar. Jaquel se adiantara em atender. Era com ela. Convidados a entrar, depois das apresentações, preferiram ficar de pé, entre a sala e a cozinha.

— Pelo que percebemos, a senhora se dá muito bem com seu pai, não é? — observou a investigadora.

— Sim. Sempre fomos muito unidos, apesar de nossas intrigas, de vez em quando.

— Ele nos confessou que é muito impulsivo. Como lida com isso?

— Descobri um jeito de lidar com ele. Quando percebo que ele sai do limite, numa discussão, eu me retiro.

— É, é uma boa estratégia. Mas, quando vê que ele sai dos limites com outros, o que faz para impedi-lo?

— Corro atrás dele para contê-lo.

— Sempre consegue?

— Até o momento, posso dizer que sim. Conto com a sorte também.

— Onde estava ontem à noite?

— Ao sair do trabalho, fui lanchar com a colega Fiona.

— A que horas voltou?

— Perto das nove horas.

— Quando chegou e seu pai se encontrava?

— Não.

— Quando não o encontrou, logo deduziu que ele fora atrás de Tewal por ter sido informado sobre o encontro da senhora com o ex na praça. Sendo Licemar impulsivo, o que fez para impedi-lo de agredir Tewal?

Jaquel lembrou-se do desespero que lhe ocorrera com a ausência do pai, na noite anterior.

— Tive que correr atrás — confessou, contrariada.

— Sabemos, conforme seu pai, que ele desistiu de confrontar Tewal. Provavelmente não o encontrou por lá. O que fez, então?

— Voltei para casa.

— Chegou até que altura da casa de seu ex?

— Parei a uns quatrocentos metros, aproximadamente. Não vendo o pai, resolvi voltar. No momento avistei viaturas se dirigindo à residência de Tewal.

— E como está sua relação com Tewal? — interferiu, o delegado.

— Da minha parte, numa boa. Nós nos separamos.

— Tewal tem algum irmão? — perscrutou, como provocação.

— Não, que eu saiba.

— Tewal tem filho com outra mulher? — voltou a indagar Tarsila.

— Que sei, não.

— E quanto ao seu tratamento para ter filho, algum resultado? Tenho que perguntar.

— Sei. Não.

— Sabe de alguma desavença da parte de Tewal com alguém?

— Desconheço.

— Tem algo a nos dizer que sirva de ajuda?

— Infelizmente, não.

— Agradecemos.

A dupla trocou informações de volta à delegacia.

— Temos quase certeza de que a morte de Técio foi acidente — comentou o delegado.

— A quem interessa a morte de Tewal? Ele é herdeiro de uma boa fortuna.

— A princípio, somente a Jaquel?

— Ela ficaria com tudo. Temos que averiguar em que situação está a separação deles.

— Mas não podemos nos limitar a ela. Será que não há seguro envolvido, ou algo do tipo? Muitos fazem besteira por uma boa grana.

— E como!

— Se for, outros podem estar interessados na morte dele.

À noitinha, ao chegar à casa, Jaquel encontrou o pai de saída. Ia para o mercado. Mas depois dava sua paradinha no bar. Ficando só, Jaquel deu de cara com o desapontamento. Sentia-se cansada, sem ânimo para nada. A cabeça não parava de lhe trazer preocupações. Foi à geladeira. Queria tomar uma cerveja, com a intenção de adormecer. Mas o alerta que veio da mente a lembrou de que provavelmente estava grávida. Redirecionou-se para a cafeteira. Estava para sentar-se à mesa quando uma batida à porta a impede.

— Oi! — disse-se Ayra, a colega de trabalho com quem Jaquel não tinha amizade. Ayra era alta, corpo forte e cabelos claros. Geralmente não fazia uso de rodeios para determinados assuntos.

— Oi! — respondeu Jaquel, estupefata com a aparição de Ayra. — Entre.

— Trouxe isto daqui — falou Ayra, ao abrir a bolsa e puxar um pacote. — Estes são doces que minha mãe faz. São deliciosos.

Jaquel agradeceu, colocando-se para preparar um café. A presença da colega perturbou a mente de Jaquel. Ficou a pensar com qual propósito veio visitá-la. Esperava que tivesse algo importante a dizer. Se bem que a colega era de personalidade séria, pelo que a conhecia.

— Você deve estranhar minha visita — introduziu Ayra. — Não sou próxima a você, mas não significa que não possa lhe ser útil, principalmente agora que se separou.

— Agradeço. No momento, preciso de quem possa me ajudar. Minha vida tem sofrido mudanças inesperadas. Estou fora dos trilhos. Não consigo me aprumar.

— Você decidiu se separar de Tewal acreditando que seria melhor — questionou, com firmeza. — Ainda pensa assim?

— Ele me traiu. E quem trai não merece meu perdão.

— O que vale mais: sua felicidade ou guardar ressentimento?

— O perdão favorece os traidores, os quais não se importam com os sentimentos dos outros.

— Nos anos e dias em que viveu ao lado de Tewal, quando ele a maltratou e foi ruim? Nunca a ouvi falar negativamente dele.

— Não, nunca me maltratou. E não foi ruim. Mas isso não justifica a traição.

— Não. Tem razão. E o que justifica a felicidade?

Jaquel baixou a cabeça, refletindo.

— Às vezes, o perdão é um pilar para a felicidade — continuou Ayra ante o silêncio de Jaquel. — Quando falo em felicidade, falo da sua, não da dele, Tewal. Ele terá que construir a própria. A separação nem sempre é a solução de um problema, nem o caminho para a felicidade. Você não está feliz em sua escolha. Foi o que acabou de revelar.

— Você nunca passou por isso. É fácil falar.

— Concordo que é fácil falar. Mas, no meu caso, não estou falando com base em poucos anos de experiência; mas depois de trintas anos de casamento. Você não acredita que nos meus longos anos de casada tudo foi maravilhoso. Apesar de muitas dificuldades, estamos juntos ainda.

— E se ele tivesse a traído?

— Boa colocação. Aprendi do meus pais que, antes de entrar num relacionamento, deveria desenvolver três importantes habilidades ou ferramentas. O primeiro de tudo é o amor. Mas o amor incondicional, que não seja desfeito por situações adversas no trajeto da vida a dois. A segunda ferramenta é o perdão. Pois é ele que torna o amor incondicional. Não permite que o casamento se dissolva. E a terceira ferramenta é a escuta. Para que haja perdão e o amor continue, é preciso escutar o outro para depois haver uma decisão. Pergunto-lhe: O que Tewal alegou como causa da traição? Pode me dizer?

— Ele… — Procurou na mente, mas não achou a justificativa apresentada por ele. — Antes de casar-se comigo, era mulherengo. Quando saí de férias por trinta dias, ele não conseguiu ser fiel a mim.

— Mas essa é sua versão dos fatos. E a dele? Se o tivesse escutado, teria na ponta da língua o que ele lhe apresentou como causa da traição, não é? E não pode usar o argumento de que no passado ele era mulherengo! Lembre-se de que o aceitara, casara-se e fora feliz ao lado de Tewal. Não poderia ouvi-lo, usando da justificativa de que foi feliz ao lado dele?

— Mas não aceito ser traída — teimou.

— Ninguém aceita. Mas, acima da traição, há o amor, o perdão e a escuta. A separação pode ser vista como vingança por erro e pecado do outro. Já para outros, a traição é ótima oportunidade para contrair outro relacionamento, um desejo latente, mas que até então não foi realizado por falta de coragem ou oportunidade.

— Não me enquadro nesses tipos.

— Não vim para a avaliar e nem julgar, mas trazer a você minha experiência, visão. Quem sabe, você pode tirar disso algo que lhe possa ser útil? Estou feliz por me ouvir.

— Pensarei sobre o que me expôs. Grata.

— Sabe — expressou Ayra, na saída —, lembro-me do que meu avô disse à nossa família: "Vou ao velório de Jalin". Protestaram: "Jalin não morreu". Jalin era o irmão dele. A isso ele respondeu: "Ele não morreu, mas o casamento dele sim. Ele está de luto". Daí explanou: No velório do casamento, vem à mente dos envolvidos tudo o que fizeram e não fizeram. Muitos se arrependem. Mas, às vezes, é tarde. Tchau!

Jaquel ficou à porta a pensar, até a outra desaparecer.

— Então estou de luto — expressou, incomodada com o que ouviu. — Que besteira.

CAPÍTULO 8

Petrópolis amanhecera chuvosa. Jaquel acorda cedo. Antes de tomar café, debruça-se no parapeito da janela, pensativa. Por dentro havia tensão. Aguardava o dia com empolgação. Dentro de poucas horas estaria com o resultado dos exames em mãos. Seria mãe ou não? Não podia entrar na euforia, para não se machucar emocionalmente. Já trazia uma carga pesada de emoções e sentimentos perturbadores.

Estrategicamente desceu para o café no horário de sempre, para não ser interpelada pelo pai. Não queria nenhuma desavença naquela manhã. E o pai não poderia nem desconfiar do que ela estava para saber.

No avançar da manhã, o médico a recepcionou com temperança; não queria denunciar nada antes. As mãos de Jaquel davam sinais de tensão e ansiedade. O doutor abriu um leve sorriso ao lhe entregar o resultado. Os olhos de Jaquel acenderam de alegria. Foi necessário correr sobre as linhas, pois as lágrimas se adiantaram em rolar do canto dos olhos. Abraçou o doutor, efusivamente. Ganhara o maior prêmio de sua vida.

De novo, já fora do consultório, olhou para o papel em sua mão. Trouxe-o para a boca e beijou-o com ternura, como se fosse o bebê. Sorria sem se importar com nenhuma observação. Uma senhora, mãe, ao presenciar a cena, se ergueu do banco de espera, no corredor, a fim de lhe dar um abraço de felicitações.

Antes de entrar no carro, deslizou a mão sobre o ventre, imaginando-se mãe. Ao descansar o corpo na poltrona, permaneceu ali por segundos, ingerindo sua nova situação. Empolgada, precisava contar a notícia para alguém que pudesse vibrar com ela a conquista de gerar um filho. De súbito, ligou para Dalita. Convidou-a para almoçar.

— Oi, o que tem a me contar? — disse Dalita, ao encontrar Jaquel em frente ao restaurante.

— Você parece abatida.

— É. Deve ser por causa do tempo.

— Pode ser. Cuide-se.

— Mas me conte logo o que tem de novidade.

— Antes de lhe falar, peço que, por favor, guarde segredo. Meu pedido é muito importante para o momento.

— Você sabe que pode confiar em mim. Não precisa fazer tanta cerimônia.

— Estou grávida.

— Está brincando?!

— Não. É verdade. Olhe aqui. — Pegou o resultado do exame e entregou-o à amiga.

— Que legal! Parabéns! — Deu-lhe um abraço, com entusiasmo.

— Não me aperte demais.

A outra riu.

— E quem é o pai?

— Ora, só poderia ser Tewal. Não tive tempo nem para piscar para outro homem; muito menos para uma aventura amorosa. E faz pouco tempo que estou sozinha.

— Quanta justificativa. É só curiosidade. Fique calma.

— Mas aí está o problema.

— Como assim?

— Vamos entrar, explicarei melhor.

Acomodadas a uma mesa perto da parede, de partida, serviram-se de suco.

— Vai me contar logo qual o problema?

— Ontem, a polícia esteve lá em casa interrogando meu pai e eu. Estamos na lista de suspeitos. Provavelmente os principais. Pelo que suspeitam, meu pai e eu, ou só eu estou por trás do assassinado de Técio. O objetivo seria matar Tewal. As perguntas que nos fizeram tinha essa direção. Coisa absurda!

— Eles geralmente miram as pessoas mais próximas. Você é, ou era, mais próxima de Tewal. Qual era a direção das perguntas?

— A principal foi a se estava grávida de Tewal.

— A suspeita de que você atentaria contra Tewal, por se encontrar em gestação, não foge de uma possibilidade. Até eu pensaria assim se fosse da polícia.

— Então pensa isso de mim?

— Evidentemente que não. Estava pensando o que eles pensam. Mas a polícia não precisa saber que está grávida. Você sempre tentou e nunca conseguiu. Use essa desculpa para qualquer suspeita.

— Acha? — Ficou a refletir. — Mas se demorarem em resolver o caso? Não terei como evitar a barriga.

— Pense primeiro que está em situação delicada. A polícia poderá deduzir que você mandou Técio para lá, ofertando parte da herança, aproveitando do ódio dele contra Tewal, para executá-lo. Havendo rixa entre eles, seria difícil de convencê-lo. Porém, deu azar. Contudo, poderá levantar a hipótese de que você mesma foi até lá para fazer o serviço, secretamente. No entanto, deu de cara com o primo dele e eliminou-o imaginando ser Tewal, ou porque a reconheceu. O nervosismo impede o discernimento.

— Nossa, ainda bem que você não é da polícia!

— Li nos jornais que a pessoa que estava de tocaia conhecia bem o ambiente para agir. Quem melhor do que você poderia usar dessa vantagem?!

— Parece que não tenho escapatória.

— Você tem chaves da casa de Tewal?

— Devo ter.

— É mais um indício que poderá ser usado contra você, amiga. Sem contar que seu pai poderá entrar como participante, de alguma forma. É bem estranho acreditar que Tewal tenha assassinado seu primo na própria casa.

— Como sabe de tudo isso?

— Gosto de ler colunas policiais. Tem um detalhe: há mulheres que, quando são traídas, buscam ferrar com o ex, expropriando-lhes os bens. Esse molde pode ser visto no seu caso. E, se Tewal souber que está grávida, também vai suspeitar. Seus dias não serão nada fáceis.

— Pois é. O que devo fazer?

— A primeira coisa a fazer é manter sigilo de sua gravidez. Caso o assassinato não seja desvendado logo, e antes que a barriga a denuncie, vá para um lugar distante. Fique fora dessa confusão. Eu faria isso. Poderá ter seu filho, sem problemas, em uma nova vida. Porém, antes peça a seu médico que não revele sua condição de gestante; apenas como paciente em tratamento.

— Mas o doutor obedece à ética médica — contrapôs, convicta. — Fez juramento. Não poderá ocultar da polícia o que sabe de mim.

— Sei disso. Todavia, se você suplicar e o fizer entender quão importante é para você ser resguardada, para nada mais impedir uma boa e saudável gestação, ele se renderá. Você é um caso sensível.

Jaquel viu base na exposição da amiga. Passou a crer na possibilidade.

— Tentar não custa. Farei isso. Mas e o acompanhamento do meu médico?

— Ele poderá indicar outro. E terá todos os exames em mãos. Saberá o que fazer.

— Mas tem outro problema: a polícia não poderá associar o meu sumiço a alguma participação do ocorrido na casa de Tewal?

— Por enquanto não possuem prova alguma. Somente suspeitas. É claro que, se não acharem culpados, de fato, você poderá ser alvo de injustiça, como acontece com alguns. Às vezes, é melhor prevenir.

Tudo exposto, puseram-se a almoçar.

— Ah! — irrompeu Jaquel, minutos depois. — Ontem a noite você não imagina quem apareceu lá em casa.

— Quem?

— Ayra.

— Ayra?! O que foi fazer lá? Ela não é sua amiga.

— Mas é colega de trabalho. Não gostei. Foi lá para me dar um sermão. Falou umas bobagens. Disse que deveria reconsiderar a separação. Só não a expulsei porque é colega…

— Nossa, que arrogância da parte dela! É muita audácia.

— Também pensei…

Entraram em detalhes.

*

Na noite fria e úmida, Tewal, escondido debaixo de um leve cobertor, levou seu pensamento na direção dos problemas em que estava afundado. Porém, logo foi levado à deriva pelas emoções, rumo aos tempos em que tinha Jaquel ao seu lado. O contraste dos dias atuais com os dos tempos de bonança no amor espremia o coração.

Anestesiado pelas emoções, esticou o braço para apanhar o retrato acomodado sobre o criado-mudo. Trazendo-o para a frente dos olhos, admirou com profundidade a pessoa que estava ali, mas escapou de seus braços. Uma sombra de medo lhe passou pelo corpo. Parecendo fora de si, ternamente beijou-lhe os lábios, a face, para em seguida repousá-lo sobre o peito, para um abraço. Tentava, inutilmente, dar vida à imagem da mulher amada.

Sentindo o valor daquela mulher, do vazio que deixou, Tewal se comprometeu a não olhar outra mulher enquanto Jaquel ainda estivesse no alcance. Mas depois? E se não a conseguisse de volta? A partir de então, nada mais importaria. Deixaria que o acaso o levasse, nem que fosse de encontro às pedras.

De repente, sua consciência levou uma cutucada, vinda da lembrança da conversa com o vizinho. Ele lhe havia falado da ordem que faz contraste com o caos. No entanto, a lucidez o colocou diante do dilema. Qual o melhor caminho a seguir? Um dedo de racionalidade lhe apontou que, quando estava com Jaquel, havia ordem. Ambos passaram a viver em harmonia. Eram felizes. A solidão que sofria, o isolamento, o desânimo era fruto da desordem.

— Meu Deus, não me deixe perder a estribeira! — pronunciou, recolocando o retrato na mira de seus olhos. — Vou tentar reconquistá-la, meu amor. Prometo.

*

Perto do cair da noite, a secretária se despede de mais um dia de trabalho, ao dar o tchau costumeiro ao Dr. Dijálson. Quanto a ele, geralmente ficava mais um pouco, para concluir as atividades do dia. Ele estava para sair, quando ouviu batidas à porta. Seria a secretária? Assim que a abriu, dois homens, cobertos por chapéu e óculos escuros, o empurraram para o dentro do recinto.

— Esperem... — balbuciou, tremendo muito.

— Fique calmo — aconselhou o baixinho, barbudo e magro.

— O... o que querem?

— Somente um favor seu — respondeu, com tranquilidade.

— Um favor?! Já fiz favores demais, em minha vida. Que favor?

— Mas um favor a mais, para quem fez muitos, não será difícil. Você é a pessoa certa. Precisamos que nos faça o favor de convencer Jaquel a dar à luz ao filho no estado da Bahia, na cidade de Santo Amaro.

— Mas o que vocês são dela?

— Nada disso precisa saber — disse, seco, o outro, mais alto, rosto liso e musculoso. — O que importa é fazer o que lhe pedimos. E então?

— Como poderei fazer?! — protestou. — Não posso colocar minha paciente em rumo desconhecido. Para mim, soa perigoso. E a vida do futuro bebê também estará em risco. Minha ética não permite lançá-los ao desconhecido.

O homem de baixa estatura deu um passo a mais.

— Não a prejudicaremos, pode ter certeza disso. Dentro de um tempo, Jaquel voltará com o filho. O perigo terá passado.

— Como posso confiar no que dizem, se não os conheço?

O mais alto se movimentou rapidamente, levando a mão forte ao pescoço do doutor, com firmeza, fazendo-o se elevar à ponta dos pés.

— Se se negar a colaborar, pode ter certeza de que não trabalhará aqui. Nós somos detetives, a serviço de uma pessoa que quer resultados. Não podemos fazer o serviço pela metade. Sabemos que ama sua esposa, assim como sua netinha, com a qual está muito ligado. Não queremos ir ao extremo. Creio que usará da sua prudência. E, pelo que sei, seu código de ética enfatiza que seu dever é salvar vidas, e não as colocar em perigo. Então?

O doutor repensou seu posicionamento. A mente lhe trouxe a figura da esposa e de sua netinha.

— Está bem. Farei o que puder.

— Muito bom! — expressou, liberando o pescoço do doutor. Continuou, com severidade: — Livrou sua família do perigo. No entanto, fique avisado de que nada poderá revelar a quem quer que seja. Entendeu?

— Entendi — falou, esquivando-se dos olhos do inimigo. — Quando ela retornar, verei como convencê-la.

— Estamos certos de que vai encontrar um jeito de convencê-la.

— Para qual endereço devo encaminhá-la?

— Aqui está. — Estendeu o bilhete com o endereço. — O nome do contato é Hernane. Aguardamos pelo seu serviço. Estamos indo.

Ao encostarem a porta, Dijálson se apressou para trancá-la. Depois voltou até uma cadeira. Precisava relaxar. Estava trêmulo, o coração saíra do controle. Sentiu que escapara da morte. Nunca esteve em situação parecida. Reconheceu que somente quem passa pelo que enfrentara sabe o que é ficar de frente com a morte. Foi se servir de um copo de água.

O Dr. Dijálson atuava como profissional por pouco mais de trinta e cinco anos. Agora, depois do susto, vieram-lhe à mente as palavras da esposa para que parasse de trabalhar. Ela queria que fossem à beira-mar curtir a vida, após longos anos de labuta. Mas ele contra-argumentou que se estenderia por um pouco mais. Não fosse isso, não teria entrado em risco.

De volta à cadeira, ficou à procura de uma forma de convencer Jaquel a mudar-se para longe, em um novo ambiente. Não seria fácil a missão imposta. Na cola do desafio, surgiu a preocupação quanto ao que se sucederia depois de feito o trabalho. Estaria livre de fato? Isso o perturbava. A certeza não poderia ser adiantada. Mas a tinha como esperança de, cumpridas as exigências, não mais ser incomodado por eles.

Sabendo não haver como escapar por alguma alternativa, pôs-se a ordenar o pensamento em como convencer Jaquel a se mudar para a Bahia.

*

A conversa que teve com a amiga Dalita deixou intrigas na mente de Jaquel. Com o espírito inquieto, a sugestão dela de que deveria ir para bem longe dali se encaixava como uma necessidade diante das perturbações que a rodeavam. A questão era o pai, o qual não a deixaria, simplesmente, partir. A não ser que... Decidiu falar seriamente com o pai. Havia a possibilidade de tudo se tornar mais fácil. O pai estava na sala assistindo à TV.

— Pai, preciso falar com você — disse, na entrada da sala.

— Fale — pronunciou, com olhos na TV.

— Mas preciso que desligue a TV. É um assunto muito delicado, sério.

Ele obedeceu, cismado com o que viria. Jaquel ocupou um dos sofás.

— Pai, estou pensando em mudar por um tempo, para longe daqui.

— O quê? Não! Perdi minha esposa e agora você quer me deixar?

— Calma. Deixe-me explicar. Você não quer que fique longe de Tewal? Pois bem, é uma boa maneira de me afastar dele. E ir para longe não significa sumir de sua vida. Com os dias, poderá me ver e ficar por lá.

— É só por causa de Tewal? Não acredito. Pois sei que no fundo não é esse o seu desejo. Suspeito que tem mais por trás. O que é? E não me enrole.

— Tem. Mas é preciso que me prometa que vai guardar segredo.

— Sabe que não sou linguarudo.

— Estou grávida.

Licemar estacou. Sentiu a mistura da felicidade com desgosto, pela vinda de um neto que, possivelmente, seria de Tewal.

— De quem?

— Ora, de quem?! Claro que de Tewal. Acha que sou o quê?

— Foi só uma forma de me expressar. Desculpe.

— Se ficar e Tewal souber da gravidez, teremos muito contato, condição que sei que não aprova. Por isso pensei que seria melhor ir para longe, para evitar confusão. Pelo menos por um tempo, até saber o que de fato quero para minha vida. Preciso sair dessa confusão toda e me organizar.

Licemar se ergueu para abraçar a filha, parabenizando-a pela gravidez. Foi vigoroso. Expressava todo seu contentamento por saber que teria um neto. Jaquel abriu sorriso de satisfação pela rendição do pai. Era sempre assim: depois da resistência, entregava-se ao toque da emoção.

— Se é por isso, tenho que ceder. Quero o melhor para você, filha. Mas sabe que ficarei triste com sua ausência?

— Sei. Também ficarei. É o melhor a fazer por esse momento. Mas não ficaremos sem nos ver.

— E para onde pretende ir?

— Ainda não pensei. Esta semana vou me decidir.

— Falarei com meu médico, primeiro. Quem sabe, poderá me dar uma dica. Preciso saber de outro médico de confiança que possa acompanhar minha gestação com o mesmo cuidado do Dr. Dijálson.

— Bem pensado. Já escolheu o nome do bebê?

— Pai! Acabei de saber da minha gravidez. Não se afobe. No último mês saberei o nome.

— Sabe do que precisamos?

— Do quê?

— Comemorar. Encomendarei uma pizza.

— Humm! Gostei.

*

O sol dava a impressão que se faria presente ainda pela manhã, quando Jaquel foi à clínica do Dr. Dijálson. Estava aflita quanto a como expor ao médico a pretensão de se mudar para longe. "Faria ele oposição?", perturbou-se Jaquel. Refletiu que sua gravidez não era normal; precisava de um bom acompanhamento. Antes de entrar, rendeu-se, perante o fato de que não adiantava se deter em suposições. Na ocasião saberia do posicionamento do doutor.

Por sorte, antes que o médico a recepcionasse, ouviu uma moça falar em "viagem". A palavra deu luz à ideia de como introduzir o assunto: mudança.

— Vim lhe pedir orientação a respeito de um desejo meu — manifestou-se, surpreendendo-o.

— Estou à disposição — falou, pensando em como chegar ao que pretendia. A ética profissional tentava travá-lo. Havia um embate na cabeça. — E qual a orientação de que precisa?

— Queria muito fazer uma viagem, para ficar longe dos problemas daqui. Mas fico pensando no meu acompanhamento médico. O que me diz?

— Ótima ideia! — Veio de bandeja a oportunidade de convencê-la a se mudar. — Digo ainda: acho que deveria ter seu filho longe daqui. Sendo sua gestação delicada, e sabendo dos problemas que a cercam, isso se faz necessário. Digo, como médico, que fique longe até dar à luz. Você não pode se expor constantemente a situações de estresse, de tensão emocional, de conflitos. Tem que estar inserida em um ambiente tranquilo, melhor. Afastar-se das tensões que a rodeiam... é recomendação médica.

— Estou de acordo. Mas para onde poderia ir? Tem que ser em um lugar onde haja um médico com sua qualificação; e querido também. Isso me preocupa.

— Essa sua preocupação é válida. Mas tenho a solução, se quiser.

— É o que desejo.

— O melhor que posso indicar é o Dr. Hernane. Ele atua em Santo Amaro, na Bahia. O que acha?

— Perfeito! Não conheço o estado da Bahia. Assim vou me distrair por lá.

— Então posso adiantar ao doutor que se submeterá aos cuidados dele?

— Pode. Obrigado. Partirei de imediato.

Jaquel saiu de lá satisfeita. Respiraria novo ar. Foi mais fácil do que imaginara.

*

No peito de Tewal, um levante de ira e revolta se manifestou, ao ficar sabendo que Jaquel sumira, sem antes o informar do motivo ou destino. Sentiu-se muito ferido, desprezado, colocado como insignificante, mesmo depois de anos de casamento. Viu na ação dela uma demonstração de que não nutria mais nada por ele. A mínima esperança, em que se agarrava, de voltar com ela se perdia.

Em meio aos ventos da desilusão, não via onde se firmar; os pilares da resistência tombaram. Tewal, qual marujo perdido em meio a turbulentas águas, ruma para bares e festas; em bebedeiras. De vez em quando, lampejos de luz lhe traziam a imagem de Jaquel, dos momentos maravilhosos que vivera com ela.

*

Os meses correram rapidamente. Em Santo Amaro, Bahia, Jaquel dá à luz. Imediatamente o pequeno ser é levado da sala para tratamento intensivo. No dia seguinte, ao receber a visita do Dr. Hernane, Jaquel entra em choque e esmorece. A notícia de que o pequeno não resistira lhe decepa a alegria.

CAPÍTULO 9

A estada de Jaquel em Santo Amaro, nos meses que antecederam o parto, foi cheia de expectativa. A mente formava imagem de quando tivesse o filho no colo. Um grau de vaidade, de exibir seu pequeno, lhe dava energia para superar qualquer obstáculo. Pensava na empolgante sensação de ser chamada de mãe por aquele pequeno ser. A **imaginação** a fazia abrir sorrisos. As imagens emocionantes faziam fila em seu pensamento.

Por vezes, deixava-se correr pelo passado, focando, em especial, as brincadeiras de boneca, ou casinha, imaginando-se mãe. Dentro daquela inocência, projetava-se para o futuro. Nada sabia de quão longo e complicado seria o percurso até o nascimento. Mas foram momentos lindos, inesquecíveis. No presente, estava dentro da imaginação daquela pequena menina do passado. "Bem que a realidade poderia ser igual ou melhor que a imaginação!", ocorre-lhe.

Assim que soube que seria um menino, fez providências para a compra de roupas e acessórios. No toque da roupinha, deliciava-se em contentamento. Ficava por longo tempo formando quadro mental de como vestiria o bebê. Levava as peças ao nariz, sentindo-lhe o cheiro, como se dentro delas estivesse o ser que muito aguardava. Quanto mais perto do feito, mais a ansiedade e o tempo pareciam desacelerar.

Agora, de volta para casa, se embebia de triste. Os olhos que brilhavam no período gestacional encobriram-se de lágrimas. A dor intensa revelava uma alma ulcerada pela desilusão. O pai e Dalita tentavam encontrar nela algum firmamento em que pudessem construir ânimo, para reerguê-la do profundo poço de sofrimento, mas sem sucesso. Jaquel não mais falava. Tornou-se solitária, mesmo cercada de pessoas.

Quatro dias após voltar para casa, ainda adormecida na tristeza, Jaquel recebe a visita de Ayra. O pai permitiu que ela adentrasse o quarto da filha. Fora ele que pedira a ela a visita, na tentativa de reanimar a filha, visto que, por meio de Dalita, não tivera êxito. Quando Jaquel a viu, encheu-se de fúria, mas não conseguiu agir nem falar. Ayra também nada disse, por minutos.

— Sinto muito — falou, ao se levantar da cadeira ao lado da cama, para sair. Acrescentou: — O sofrimento e a tristeza que atravessa é porque você fez tudo o que era necessário para a realização do sonho muito desejado, mas não deu certo. Todos que perseguem sonhos podem sofrer decepções. Às vezes, não temos controle sobre forças externas. Mas você pode repetir a realização do que deseja muito. Tchau!

A isso, deixou o quarto.

O pavio enfurecido de Jaquel foi perdendo força. Jaquel, pela primeira vez saiu da rotina do pesar, intrigada com a presença de Ayra. Na primeira visita, Ayra fora firme ao condená-la pela decisão da separação. Mas agora veio lhe dar encorajamento. Teve o pressentimento de que a ex-colega de trabalho era sincera.

As palavras "Às vezes, não temos controle sobre forças externas" a fizeram refletir que de fato fizera de tudo para ter um filho, mas fugira do controle consumar o desejo. Assim sendo, não teria por que se autocondenar e ninguém teria razão para qualquer incriminação. Nessa linha de raciocínio, levantou-se outra questão: E quanto a Tewal? Foi por culpa própria a traição, ou por forças externas?

Esse despertar levou Jaquel a se desamarrar das correntes do pesar e profunda tristeza; tanto que no dia seguinte entabulou conversa com o pai, mas evitando questões pessoais.

Ao, gradativamente, dominar as emoções, nos corredores do cérebro, circulava preocupação. A consciência apontava que não havia revelado a Tewal que estivera grávida e dera à luz um filho, e isto teria a equivalência de uma traição. Dessa síntese, um sentimento culposo passou a persegui-la; um tormento que se juntava à manada de outros.

E agora, o que faria? Tewal, cedo ou tarde, ficaria sabendo da gravidez. Temia esse momento. Cometera uma maldade tamanha com a pessoa a quem amou, por anos. Como faria para lidar com essa situação? No momento, não lhe vinha luz. Daria a si um tempo, para depois tomar ação. Contudo, queria evitar que Tewal soubesse por outros, sob um viés interesseiro, maldoso.

*

De tempos em tempos, quando os pais de Miqueli viajavam a trabalho, deixavam a filha na casa do Dr. Dijálson. Arlene, esposa de Dijálson, amava cuidar da pequena. Tinha nela uma ocupação prazerosa. O caminho percorrido se dava pela ponte Rio-Niterói, cenário que a neta tanto apreciava. Fazia exigência passar por sobre a ponte. O destino era a praia de Icaraí, Niterói, onde os pais de Miqueli residiam.

Dijálson optava por passar por uma viela para encurtar caminho. No entanto, um veículo estacionado em cima da calçada avançou para o meio da pista. Dijálson pisou no freio. O susto mexeu com o coração de todos. Um homem saiu da porta do passageiro, com rapidez extraordinária, escondendo algo junto ao corpo.

— É um assalto — anunciou, ao apontar uma arma. — Passe tudo: dinheiro, joias, cartão...

— Está bem — respondeu nervosamente Dijálson.

— Mais depressa!

— Isto é tudo que tenho — disse-lhe, entregando um valor menor que duzentos reais. — É que uso mais o cartão.

— Não me serve. Quero mais dinheiro. — Saia do carro! Vire-se!

Dijálson saiu trôpego de medo. Foi revistado.

— Seu mesquinho — pronunciou, com ferocidade.

— Se tivéssemos mais, daríamos — reforçou, Arlene.

— Seu maldito pão-duro! — xingou, disparando contra o doutor.

*

Jaquel foi acordada com fortes batidas à porta. Sobressaltada, deu um pulo, envolvendo-se rapidamente num roupão para atender.

— O que foi, pai?

— Ouvi, agora mesmo, na rádio que o médico com quem você se consulta foi assassinado.

— Ah, meu Deus! Não pode ser. Meu doutor…

— Mas é. Infelizmente.

— Mas assassinado? — expressou, deslizando as mãos por sobre a cabeça.

— Foi em consequência de um assalto. Pelo que disseram, o bandido reclamou, xingando o doutor de pão-duro e mesquinho. Tinha consigo pouco dinheiro. Revoltado, o maldito atirou.

— Que triste! Meu querido doutor assassinado! Uma pessoa tão importante, útil e amiga ser morta assim?! Bandido desgraçado que fez isso!

— É uma perda significativa. Infelizmente a bandidagem está tomando conta. Eu sempre disse: preserva-se bandido e eliminam-se os bons. Sofremos com isso, mesmo que não seja de nossa família.

— Quando foi isso?

— Foi esta manhã. Por sorte, não sei, a esposa dele e a neta foram poupadas. Mas e o choque?! Ficarão com o episódio na mente, pela vida adiante.

— Um trauma e tanto para as duas, mas em especial para a pequena — murmurou Jaquel, pensativa e abalada.

— Isso é.

— Irei ao velório à tarde — falou com voz travada pela emoção. — Dirigiu-se ao quarto.

— Vou com você.

*

Mais tarde, ao ficarem sabendo do local do velório, Jaquel e o pai chegaram ao local. Perto do caixão, estava Arlene e os pais de Miqueli. A pequena, muito abalada e muda, se encontrava entre os pais. Do rosto avermelhado, ainda vertiam lágrimas. Não havia palavras que os conformassem.

— Lamento muito! — expressou Jaquel, ao acolher Arlene com um abraço.

— Por que foram fazer isso com ele? — lamuriou Arlene, em intensas lágrimas. — Ele não fez mal algum. Era bom.

— Com certeza, era uma pessoa boa. Por isso confiei meu tratamento a ele.

Ao se desencaixar de Arlene, Jaquel estendeu seus pêsames aos pais da Miqueli. A seguir olhou para a menina e se agachou. Nem bem o fez, Miqueli se inclinou para receber o abraço consolador. A menina lhe tinha afeição. De vez em quando, encontravam-se na clínica do doutor. Simpatizaram-se mutuamente.

Miqueli via em Jaquel parte da mãe que faltava em casa. Seus pais viajavam muito. A mãe não dispunha do tempo necessário para compensar a carência da filha. Jaquel, sem o saber, entrava como ampliação da verdadeira mãe. Nesse apego, desenvolveram confiança mútua. No abraço, Miqueli deixou o muro de contenção de lágrimas ceder.

— Ele atirou — balbuciou, entre soluços. — O vô deu o dinheiro.

— Não sei lhe explicar por que ele fez isso. Estou muito triste porque perdi um grande amigo.

— Ele atirou porque quis — manifestou, inconsolável.

Jaquel sentiu os braços da menina envolvendo-a com mais força. Esperou um pouco para desgarrar.

Sem mais o que fazer, Jaquel procura um espaço mais reservado, abrindo caminho entre os presentes, sem lhe notar as faces. Estava absorta com as expressões emitidas por Arlene e Miqueli. O pressentimento formou a impressão de que o doutor não fora morto por latrocínio.

— O que me diz, filha, sobre a morte do doutor? — foi indagando Licemar, num espaço fora do recinto, perto da entrada.

— Não fale alto, pai! Aqui não é lugar para falar sobre isso. Tem que ter cuidado no que diz. Melhor: vamos embora.

O pai silenciou durante o trajeto até o carro.

— Agora, aqui dentro do meu carro, posso falar: o que você acha sobre a morte do doutor? Quero saber, pois conversou com as duas que presenciaram tudo.

— Tenho a impressão de que não foi um latrocínio. Foi por outro motivo. Mas não imagino o que possa ser.

— Foi o que as duas disseram?

— Não. Elas não disseram isso. Mas o que disseram é que me deixa em dúvidas quanto a ser um latrocínio.

— O que exatamente elas disseram?

— ... que, mesmo o doutor entregando tudo que tinham, o bandido atirou.

— Mas os bandidos, muitas vezes, fazem isso.

— Não é bem assim.

— Não leve muito a sério o que pensa. A menina repetiu o que a vó concluiu. A avó usou essas palavras porque é natural não aceitar essas barbaridades. É como que um tipo de protesto, pois, mesmo entregando o dinheiro, o criminoso atirou. Esperava-se que o bandido não fizesse isso. Mas o fez. O que faz na hora vai depender de cada marginal.

— Em certo sentido, tem razão. Pois a mim me parece que usaram o assalto como fachada para um tipo de acerto ou vingança. Há um tempo, Arlene me contou que já haviam sido assaltados algumas vezes. Já estavam acostumados, por assim dizer. Mas desta vez as palavras tinham um mistério, que ela mesma nem sabia, mas sua intuição a fez falar. A menina também.

— Pode até ser. Porém, não temos nada a ver com isso. Vamos pensar em nossos problemas, que é melhor.

— É! — expressou, todavia, no pensamento se detinha sobre o caso.

*

Logo depois do anoitecer, Jaquel recebe a visita da amiga Dalita. Estava no quarto. O pai deu uma batida à porta e gritou por ela, seguindo para o próprio, ao lado, deixando-as à vontade.

— Oi! — disse Jaquel, ao abraçá-la.

— Vim saber como está.

— Estou levando — falou, conduzindo o pensamento para a situação vivida.

— É assim mesmo por um tempo.

— Mas acho que também veio comentar sobre a morte de Dijálson, não é?

— É. Nada como falar pessoalmente sobre casos desse tipo. Ele era seu médico. Lamentável!

— Fomos ao velório. Acredita que foi latrocínio, mesmo?

— Claro que sim. A polícia afirmou ser latrocínio, após ouvir as duas testemunhas. Infelizmente isso está se tornando comum. Os outros casos semelhantes não se tornam alarmantes, porque acontecem com pessoas comuns. Porém isso é rotina, no país afora. Porém é lamentável. Já percebo que pensa diferente. O que suspeita?

— Não tenho como afirmar nada, no entanto, tenho o pressentimento de que o Dr. Dijálson não foi morto por latrocínio.

— E acha que foi morto por quê?

— Não sei dizer.

— Se não sabe dizer um motivo diferente, é porque não passa de uma suposição sua, visto ele ter sido médico seu. Quando há uma afinidade envolvida, geralmente se descarta um motivo banal; procura-se uma causa mais complexa, mais chocante. Acontece que matar alguém depois de assaltá-lo é comum; embora seja uma maldade tremenda, acontece. É chocante, inaceitável, sei.

— Geralmente é como diz. Mas existem exceções. Esta pode ser uma delas.

Ficaram a conversar mais um pouco.

*

Jaquel voltou ao quarto. Desceu o corpo sobre a cama, voando com o pensamento, de um ponto a outro. Dentro de minutos, a razão a fez pousar num fato que até então não se apresentou à sua mente. Respirou fundo, refletiu mais um pouco para ganhar mais foco, mais claridade a uma suspeita.

Mentalmente, fez como que um traço começando com a morte do pai de Tewal, passando pela morte do primo dele e agora de Dijálson. Todas as vítimas eram próximas de Tewal, e agora dela. Isso lhe soava estranho, misterioso. A morte os rodeava. Ou seria apenas coincidência? Ou se desgrudara da realidade, construindo, por suspeitas, uma narrativa própria e desejável? Mesmo questionando-se, a cisma permanecia inquietante.

Por falar em Tewal, ou colocá-lo no meio do raciocínio, sentiu uma pontada nos sentidos. Uma onda de emoção, não sabendo de onde, veio atravessar o peito. O pensamento atiçou o coração, fazendo-o se juntar em provocar as emoções. Essa união resultou em uma sombra de solidão. Sentia vontade de ser abraçada, amada. Queria alguém ali para tocá-la. Havia urgência.

Jaquel se agitou se colocando sentada. "Que coisa foi essa?", perguntou-se. Mais um fato estranho. Tewal se imiscuiu ali, naquele momento, nas entranhas do pensamento? Com medo dos seus próprios sentimentos, percebeu que precisava sair do quarto. Não! Melhor: tinha que sair de casa, por um pouco. Mas aonde? Fora surpreendida por duas vezes com a visita de Ayra. Bem que poderia devolver com uma surpresa. Foi Ayra quem a acordou da profunda tristeza. Jaquel entendeu que, embora não gostasse do que Ayra lhe dizia, era franca. Não falava para agradar, simplesmente.

Jaquel coloca uma calça jeans, tênis e uma camiseta. Procurou pelo endereço da colega de trabalho e foi. Não quis ligar. Preferiu a surpresa.

A casa de Ayra era pequena, com um belo jardim na frente. Ayra e o marido a receberam calorosamente.

— Veio na hora certa — falou Ayra. — Está para sair o jantar.

— Vou abrir um vinho — manifestou-se Raoni, o marido.

— Não se preocupem com nada.

— Mas fazemos questão — enfatizou Ayra, com simpatia.

Jaquel ficou surpresa com o ânimo do casal com sua visita. Nunca poderia imaginar que, por trás daquela colega de trabalho, que via como distante e chata, fosse tão hospitaleira e gentil.

O jantar foi alegre. Raoni usou de algumas piadas de seu estoque, destravando os lábios para sorrisos e gargalhadas. Fazia tempo que Jaquel não tinha um momento como esse. Jaquel reconheceu que Ayra tinha peso nos conselhos, nas interrogações que lhe colocava, pois vivia uma vida bem alicerçada.

Tempo depois do jantar Raoni as deixou, sabendo que as duas tinham o que conversar. A esposa provavelmente lhe falara do caso de Jaquel.

— Quer que ajude a lavar a louça? — ofereceu-se Jaquel.

— Não, obrigada. Depois nós a lavamos. Vamos conversar, que é melhor.

— Ayra — disse Jaquel —, sou grata a você por me despertar da tristeza, naquele dia que foi lá em casa. Suas palavras me tiraram do vício de pensamentos negativos.

— Fico animada por saber que lhe fui útil. E ainda ganhei sua visita. Que bom!

— Quero aproveitar o momento para expor que há uma grande preocupação que castiga minha mente a todo o momento. Não sei o que fazer.

— Fique à vontade.

— Como sabe, perdi o bebê, mas Tewal não sabe. Ele, como pai, deveria ter sabido. Mas não pensei nisso naquele momento conturbado de minha vida, cheia de raiva, indignada e dominada pela vingança. Tenho que resolver essa situação para dar paz à minha consciência. Não sei o que fazer.

— Use de prudência. Nada de afobação.

— Bem que gostaria, mas não consigo.

— É só entender que não revelou sua gravidez a Tewal porque estava alterada emocionalmente. Isso pode acontecer na situação em que você se encontrava. Isso já é um atenuante, embora não uma desculpa.

Jaquel sentiu uma sutil estocada.

— Mas o que devo fazer para sair dessa?

— Em primeiro lugar, tem de saber que poderá sair dessa. Contudo, não escapará das consequências.

— Como assim?

— Não se pode prever a reação de Tewal quando ficar sabendo que teve um filho e que este entrou em óbito. Será uma notícia dura, impactante. Se você sofreu, foi pesado; para ele também o será.

— Ah, meu Deus! — expressou, levando as mãos contra o rosto.

— Mas você tem uma carta mão, a qual poderá a ajudar, dependendo do contexto, é claro.

— Como assim? Que carta?

— Se ele ainda a ama, tornará sua confissão mais aceitável.

— Será? Por que acha?

— Antes disso, responda-me com sinceridade: ainda gosta dele?

— Tenho que confessar?

A outra acenou com a cabeça.

— Creio que sim. Quer dizer, sim. Pensamentos sobre ele me trouxeram até aqui. Estava atormentada. Não que quisesse. Fui pega de surpresa pela minha memória.

— Isso é sinal de que ainda nutre interesse por ele, mesmo que não tome ciência disso. Pois bem, se Tewal cometeu adultério, traição, você também cometeu um grave erro. O que você reconhece. Sendo assim, estão empatados em erros graves. Para resolver essa questão entre vocês, qual a ferramenta que deve usar?

— O perdão. Tenho que perdoá-lo.

— Se ele ainda a ama, vai aceitar seu perdão e você terá que aceitar o dele. Porém, não espere que isso se dará de imediato. Lembre-se de que somente agora você está disposta aceitar o perdão dele. Terá que ter paciência para que ele, com o tempo, absorva a situação e depois venha a perdoá-la.

— Entendi. Não vai ser fácil.

— Não. Mas terá que fazer, se quer aliviar sua consciência. Como já alertei, não escapará de consequências. No entanto, com o tempo tudo será resolvido. Voltarão a ter paz. E poderão reatar o casamento.

— Sei lá!

— Que tal um cafezinho? — ofertou, com intenção de dar tempo para que Jaquel absorvesse o conselho.

— Pode ser.

CAPÍTULO 10

No bar do Alamo, em Copacabana, às quatro horas da madrugada, Tewal deixa o recinto. Ultimamente, Tewal frequentava com regularidade esse tipo de ambiente. Alguns amigos e conhecidos o incentivavam a curtir a vida ao máximo. Essa coisa de sofrer por causa de uma mulher, por amor, não fazia sentido. Havia tantas outras à disposição para se divertir. "No mundo atual, a regra é viver o momento", dizia-lhe um amigo que amava folia.

Em passos desengonçados, efeito do álcool, foi se encaminhando para o carro. Parou por um momento, para localizá-lo. A nitidez da visão diminuíra. A sombra da luz projetava a aproximação de alguém. Tewal, com dificuldade, deu uma leve guinada. Um homem maltrapilho vinha em sua direção. Ignorando, retomou a caminhada.

— Senhor! — chamou, num tom de apelo.

Tewal parou. Lentamente, para não perder o equilíbrio, girou a cabeça, para que o desconhecido entrasse em seu campo de visão. Lançando olhar mais atento, apercebeu-lhe barba com pontas claras, cabelos longos, desgrenhados, e roupa bastante desgastada. De imediato, concluiu ser um mendigo. Não querendo ser perturbado, reiniciou seus passos.

— Espere um momento, senhor — voltou a pronunciar o desconhecido. — Peço que me ouça. Depois, faça o que quiser.

— Escute aqui — disse, ao se voltar para o sujeito —, não estou em condições para ouvir sua história ou ajudar você, hoje. Quem sabe outro dia.

— Se pudesse esperar para outro dia, eu aceitaria suas palavras e me mandaria.

— Do que precisa? — indagou, atiçado pela maneira de falar do desconhecido.

O homem respirou fundo antes de se pronunciar. Havia um temor em não conseguir convencer Tewal a ajudá-lo.

— Preciso voltar para o estado da Paraíba, na cidade de Pombal. Porém, não tenho dinheiro para isso. Preciso de ajuda.

— Esse tipo de conversa já ouvi antes. E, se é isso, pode esperar.

— Fui enganado, senhor. Um empresário me trouxe para cá. Ele me convenceu de que me daria tudo se trabalhasse com ele numa nova empreitada que acabava de abrir. No entanto, quinze dias depois, a empresa foi destruída por um incêndio. Ele desapareceu. Deu no pé. Nada recebi. Sabe, senhor, fiz uma burrada. Como me arrependo! Queria o melhor para minha família, mas aconteceu o contrário. Se há coisa de que me arrependo muito, foi vir para cá. Agora, tudo que quero é voltar.

— Quantos são da família?

— Tenho mulher e duas filhas. Mas, há pouco, adotamos um bebê.

— O quê?! Mais um filho? Como pode adotar uma criança, se não consegue sustentar os próprios filhos?

— Não o adotamos oficialmente. O senhor tem razão quando diz que não temos condições para mais um. Mas é melhor que viva precariamente do que deixar morrer um bebê abandonado, não acha?

— Certamente — falou, pensando na luta para ter um filho com Jaquel. — Encontraram um bebê abandonado?

— Sim. Minha esposa, religiosa, disse que Deus quis que o achássemos para cuidar dele. Deus nos abrirá o caminho para ter como sustentá-lo. Mesmo que de início eu tenha dado mancada.

— Isso pode acontecer com qualquer um — expressou Tewal, lembrando-se de si mesmo. Também dei mancada. Qual o seu nome?

— Leander.

— Onde o encontrou?

Leander passou a lhe relatar que numa certa noite, já bem tarde, voltava para casa, depois de um dia extenuante de trabalho, numa empresa de exploração de madeira. No caminho, após desembarcar do ônibus, passando por um caminho debaixo de uma pequena ponte, ouviu um grunhido. Assustou-se. Lançou olhar na direção para identificar do que se tratava. Uma caixa atiçou sua imaginação.

Antes de nela fuçar, deu uma olhada no entorno, pois poderia ser uma armadilha. Ninguém. Espiou, afastando o cobertor que a cobria. A criatura se mexeu, emitindo som. Um bebê. A princípio, teve receio em tocá-lo. Mas o instinto o fez trazê-lo ao colo. Sentiu-se pai novamente. Era capaz de jurar que o pequeno lhe sorrira. Em passos rápidos, levou-o para casa.

Ao chegar ao lar, a família impactou-se de surpresa. Assim que Leander lhe explicou a situação, cercaram o bebê, que fora posto sobre a mesa. Olhos admirados passaram ver-lhe os detalhes. Lábios se moveram para esboçar sorrisos de encantamento. Contaminaram-se de alegria. Sem se darem conta, sentimentalmente o consideraram como membro da família.

Tanto Leander como sua esposa acreditaram ser o achado um presente divino. Assim sendo, não poderiam rejeitá-lo. Traduziram o amor e apego a ele em ações, em cuidado.

No entanto, o pequeno acabou adoecendo. Gastaram com remédios o que não podiam. O ganho de Leander cobria apenas as necessidades primárias, sem o recém-chegado ao lar. A partir de então, os gastos ultrapassavam o orçamento da casa. A esposa, às vezes, ganhava um trocado como faxineira, o qual seria para demandas extras das crianças.

Diante das dificuldades financeiras aumentadas, Leander precisava obter maior rendimento. Mas como? Matutava sobre isso no caminho ao mercado, no sábado. O dono do mercado o conhecia bem. Tendo a intenção de ajudar o amigo, indicou um empresário da cidade vizinha que recrutava homens para trabalharem na nova empresa de beneficiamento de madeira, no estado do Rio de Janeiro. Leander conhecia bem do ramo. Animou-se com a possibilidade de ganhar melhor. Antes de voltar para casa, foi à procura do empresário.

Entrara a tarde, e nada de o marido voltar para casa. A esposa, preocupada, olhava para o relógio e para a estrada. De repente, avista um carro moderno, que desconhecia, se aproximar. Tremeu vendo um homem gordo, com ar de autoridade, descer e acompanhar Leander. Suspeitou ser o homem uma autoridade que vinha lhe tirar o pequeno. Pediu para uma das filhas escondê-lo. Porém o medo se dissipou na hora da apresentação.

Quando Leander explicou a presença daquele homem, uma nova preocupação foi ocupar a mente dos membros da família. Na rabeira, veio uma onda de tristeza. Sentiam o vazio se instalar com a possível ausência do pai. Lágrimas vieram em protesto. O amor e o apego entre eles eram fortes, o que fazia lhe doer o peito. As filhas se envolvem em torno da mãe, como que pedindo para que impedisse a partida do pai para longe.

Sentindo-se pressionado emocionalmente, ele decidiu se reunir com a família entre as quatro paredes de madeira, visto a casa ser muito modesta. A necessidade de mais recursos financeiros, bem exposta por ele, balançou a resistência dos membros da família. Por fim acabaram assentindo com a partida de Leander. O resto do dia seria de muito apego.

No dia seguinte, ele foi se despedindo de um em um. Com o coração partido, ainda pôde ouvir as súplicas das crianças para que não fosse. Mas a obrigação impunha a necessidade de partir. Dentro do carro, fazia esforço para não se deixar vencer pela emoção e recuar. As lágrimas começaram a embaçar a visão ao olhar para trás. A imagem última, como num retrato, era das crianças escoradas à mãe a chorarem, enquanto acenavam sem cessar.

O relato não só adentrou aos ouvidos de Tewal, mas chegou ao coração.

— E a criança, como está? — indagou, assumindo postura de preocupação.

— Está melhor — conseguiu dizer, sentindo a voz travada pela dor da saudade. Lágrimas deixaram os olhos, movimentando-se pelos caminhos do rosto.

— Tem mantido contato com a família?

— Sim. O último foi anteontem. Estão com muita saudade. Pediram-me para que voltasse logo. Minha esposa me disse que prefere viver na miséria, mas ao meu lado, do que distante de mim. O pior é voltar sem ter o que levar a eles. Que decepção para mim não fazer o que pretendia.

Tewal ficou pensando por um momento.

— De quanto precisa?

Leander sentiu o coração pular, pois em Tewal nascia um fio de esperança.

— Aqui está o que tenho. — Havia um pouco mais de cem reais.

— Muito obrigado, senhor!

Tewal sentiu a tragada profunda de ar de satisfação.

— Sei que isso não basta. Faremos o seguinte: vamos até um caixa eletrônico para lhe dar mais.

Leander fez brilhar um sorriso em meio à penumbra.

— Aqui está — disse Tewal, ao lhe entregar mais uma quantia, assim que sacou mil reais.

— Mas isso é mais do que preciso para a passagem.

— O que sobrar é para a família.

— Que Deus o abençoe — falou, juntando as mãos. Um dia, eu hei de o agradecer, mas com minha família. Mas preciso saber seu nome.

Tewal ignorou a promessa dele, ao se apresentar. Muitos dizem isso, mas depois jamais aparecem.

Despediram-se. Tewal notou que se sentia melhor. Seria por fazer o bem?

*

Tewal desperta ao som do despertador. Isso perto das nove da manhã. A consciência lhe cobrava se fazer presente no funeral do Dr. Dijálson, médico que conhecia desde quando atendia sua mãe. Era bem conhecido da família. A partir de quando Jaquel necessitou dos serviços do doutor, a relação entre eles se aprofundou.

Ao chegar à capela, concentrou-se em dar atenção a Arlene. Os olhos dela se encontravam alterados pelos sentimentos fortemente abalados. Em determinada altura da conversa, Arlene expõe que não pretende deixar o lar para morar na casa da nora. Contudo, não mais teria o privilégio de cuidar da neta, o que lhe doía muito. A pequena ficaria em sua companhia apenas por alguns dias, para amenizar o impacto da perda do esposo.

Tewal sentiu que tinha a incumbência de ajudar dona Arlene. Ocorreu-lhe que poderia buscá-las um dia desses para jantar, algo desse tipo. O objetivo seria distraí-las. Arlene aceitou a prontidão de Tewal. Ficou combinado que ligaria para ela, a qualquer momento.

*

Preocupado, três dias após, Tewal ligou para Arlene. A situação relatada por Leander e a ajuda que lhe prestou fizeram-no se sentir melhor. Associou isso ao que o vizinho lhe dissera na noite enluarada, que dentro da ordem surge o belo e tudo funciona melhor. Arrazoou, consigo, que fazer o bem seria uma faceta para se colocar em ordem.

Ao convidar Arlene para lanchar, também pensando na pequena Miqueli, recebeu um não. Arlene não estava disposta. Mas a neta ouvira a conversa e insistiu para que fossem. Arlene, a contragosto, cedeu.

Na lanchonete, que distava uns dez quilômetros da casa da residência de Arlene, pediram lanche. A conversa girou em torno de banalidades, que era a pretensão de Tewal para afastá-las das recentes memórias desastrosas.

— Posso escolher um sorvete? — indagou Miqueli, dirigindo-se a Tewal.

— É claro que pode! — respondeu Tewal, gentilmente.

— Vou aproveitar para ir à toalete — falou Arlene.

Ao retornar com o sorvete, uma senhora interrompeu-lhe a passagem para se levantar. Levou a língua à superfície do sorvete enquanto aguardava passagem. De repente, os olhos se revelaram grandes, o coração saiu da normalidade e o tremor balançou o corpo. Correu.

— O que foi menina? — Tewal perguntou, vendo-lhe o rosto alterado.

— Tio... tio... o homem — ia falando

— Calma! — orientou-a Tewal, à semelhança dum pai amoroso. — Respire fundo. Sente.

Seguiu a orientação, mas parcialmente.

— A voz do homem — apontou —, tem a voz daquele que matou o vô.

Tewal entrou em alerta, direcionando o olhar para a direção indicada, mas sem firmar o olhar. Não queria esbarrar o olhar com a pessoa indicada por Miqueli.

— Não aponte nem olha para lá — alertou-a. — É aquele de camiseta escura, sem mangas e cabelo preto, é?

— Esse mesmo.

— Certo.

— A voz é igual...

— Não diga mais nada — voltou a censurá-la, Tewal. — Não dá para saber pela voz. Deve ser parecida, e não igual. E ter a voz igual não significa que seja ele o... o que fez aquilo...

— É ele — afirmou teimosamente.

Tewal via segurança na menina. No entanto, não queria dar-lhe trela, no momento, para que não fossem ouvidos por alguém e se colocassem em perigo. E, mesmo que fosse, como poderiam acusá-lo, apresentando como prova o timbre da voz. Seria um tiro arriscado. Tentado pela curiosidade, Tewal deu uma rápida olhadela, de esguelha, para fotografar a fisionomia do suspeito.

— Ele atirou porque quis — frisou Miqueli, rememorando a cena.

— Esqueça tudo isso — impôs, atento aos movimentos. — E, quando sua vó voltar, não fale nada sobre isso, senão ela ficará triste. Trouxe vocês aqui para que ela se distraísse. Promete de que não falará nada a ela?

— Prometo. Ele não vai ser preso?

— Se for culpado, um dia vai para a cadeia.

Acabava de falar quando viu Arlene retornar.

Tewal ficou incomodado com a presença de um suspeito de ter assassinado o Dr. Dijálson. Não queria ser percebido ou visto por eles. Foi estratégico.

— Sabe — falou para Miqueli –, estou com vontade de pegar uma menina no colo. — Ela estranhou num primeiro momento. Mas ele piscou.

— A é? — disse ela. E quem é essa menina? — sorriu.

— Quer saber?

— Sim.

Tewal a ergueu, para que ela ficasse de costas para o suspeito; e seu rosto, coberto pela menina... Esperou que Arlene se erguesse, para que saísse ao lado deles.

— Você está pesadinha — soprou no ouvido de Miqueli.

— Acho que é porque você não está acostumado — devolveu, com sorriso.

— Pode ser que esteja certa. — Riu.

*

Jaquel acorda cedo. Irritara-se com a noite, pois não conseguira dormir bem. A mente não queria se entregar ao sono. Tentava relaxar, mas lá vinham pensamentos desagradáveis. Pulava de um para o outro na tentativa de relaxar. Só bem mais tarde apagara. Mas por pouco tempo.

Um dos pensamentos que a inquietaram foi Tewal. Há muito tempo que não o via. Imaginou que talvez se encontrassem no velório, mas isso não aconteceu. Por onde andaria? Será que tem outra mulher? Essas interrogações passaram a incomodá-la. A reboque, vieram as dúvidas quanto aos próprios sentimentos. Por que, de repente, no labirinto da noite, vieram à tona essas questões? Haveria ainda... mesmo que um resto de amor por ele?

Para avaliar sua situação, trouxe à mente partes da conversa que teve com Ayra. Dedos da consciência apontavam para erros que cometera. De fato, não dera ouvidos a Tewal para se explicar. E se Tewal for o seu amor verdadeiro? Jogara-o fora, lesando a si mesma, para o resto da vida. Uma onda de receio bateu a porta do coração. Incomodada, desceu para tomar café.

— Por que está de pé tão cedo? — indagou o pai.

— Não é cedo, pai. Não esqueça que ando dormindo até mais tarde, muitas vezes, porque não estou trabalhando. Já passam das oito horas.

— Não dormiu bem esta noite?

— Não. Acordei cansada.

— E o que a incomodou?

Jaquel sabia aonde ele queria chegar. Não estava a fim de discutir. Deu graças… quando batidas à porta o levam para lá.

— É o delegado querendo lhe falar — anunciou, em tom alto.

— Eu me livro de um problema para entrar em outro — resmungou.

— Bom dia! — cumprimentou o delegado Dorberto. — Seremos rápidos.

— Ainda bem! — desabafou, mostrando-se mal-humorada.

— Ficamos sabendo que esteve com o Dr. Dijálson um dia antes de ele ser assassinado. Confirma?

— Sim.

— O que foi fazer lá?

— Ora! Fui fazer o que outras mulheres fazem, ou faziam, lá.

— Acordou de mau humor hoje. Entendo. Acontece comigo também. Continuando: a secretária do doutor nos informou que andou desaparecida da clínica por alguns meses. Isso por um pouco mais que nove meses. Daí reapareceu. O que tem a nos dizer sobre isso?

— É somente normal alguém, em certos momentos, ficar distante.

— Sabemos que pediu a conta do emprego e que esteve ausente da cidade pelo período mencionado pelo delegado — expôs a investigadora. — O tratamento com o doutor não deu resultado?

Sob olhar escrutinador das autoridades, Jaquel se viu mais aflita. Não tinha como sustentar por mais tempo a omissão dos fatos.

— Falarei a verdade. O tratamento com o Dr. Dijálson surtiu efeito. Engravidei. No entanto, para que a gestação ocorresse sem complicações, o doutor me aconselhou que deveria ficar longe de problemas e perturbações. Se aqui ficasse, não teria como. Foi quando me indicou um outro doutor, Hernane, conhecido dele, em Santo Amaro, Bahia, o qual cuidou de mim. Mas, infelizmente, o bebê logo depois veio a falecer. — As últimas palavras pronunciou arfando.

— Lamento muito — expressou a investigadora.

— Também lamento — solidarizou-se o delegado.

— Tewal, seu ex, sabe disso? — indagou a investigadora.

— Não. Queria ficar longe de todos e de tudo que pudesse me perturbar.

— Mas o bebê era dele também? Tinha e tem o direito de saber que esteve grávida dele e deu à luz.

— Sim. Naquele momento não pensei direito. Mas depois uma amiga me fez entender a mesma coisa: que Tewal deve saber que teve um filho. Estou planejando como lhe falar.

—Tem a certidão de óbito? — interveio o delegado. — Qual o nome?

— Tenho a certidão. O nome do pequeno é Jatel. O nome é a mistura do nome de Tewal e o meu. Quer que a busque?

— Não. Certamente que não nos enganaria nesse assunto. Ficaremos por aqui hoje.

— Procure falar a verdade — disse-lhe, enfaticamente, a investigadora. Tchau!

*

A sexta-feira à tarde fora de muito calor. No entrar da noite, nuvens escuras começaram a ocupar o céu. A previsão era de trovoadas no correr da noite. Tewal estava pensando em dormir mais cedo. A semana fora boa; com ações positivas. Porém, o sentimento de solidão o importunava. Não sabia ao certo se, ao se deitar, conseguiria fugir dela. Estava para se lançar na cama, quando uma buzina tocou várias vezes. Foi ver.

O amigo Kirk, na companhia de Marcos, veio o convidar para fazerem festa. Tewal não queria acompanhá-los, mas acabou cedendo ante a insistência dos dois. Encontraram um bar chique, de nome Deixe a Noite Passar. Ali ficariam por horas. Tewal foi servido de uma mistura de bebidas. Foi extinguindo a consciência, nas alturas da noite.

No terreno da madrugada, trovões e relâmpagos fizeram com que a energia caísse. O dono do bar pediu que se retirassem, visto que entendia ser melhor encerrar as atividades para aquela noite. Fora do ambiente, os amigos perceberam que Tewal não estava bem para dirigir. Marcos, que era carona do Kirk, se prontificou a levar o amigo para o lar e ficar com ele pelo tempo que necessitasse. Depois tomaria um táxi. Assim, os demais se foram mais tranquilos.

Marcos foi guiando com cuidado, pois, mesmo preso ao cinto, Tewal ora pendia para um lado, ora para outro. O corpo escorregava sempre contrariamente às curvas. Marcos ria com a situação hilária do amigo.

— Meu amigo, você está mal mesmo — disse, refletindo sobre o estado de Tewal.

Na estrada de chão, no caminho para a casa de Tewal, Marcos girou o volante na curva mais acentuada, quando sentiu um impacto e estilhaços de vidro se projetarem pelo carro e no corpo. Nem bem pensou em olhar para si, quando o corpo acusou a presença de um projétil atravessando-o. O volante deslizou das mãos. Queria manter forças, mas fugiam. Apagou.

Com o impacto, dentro do ribeirão, o qual ladeava a estrada, Tewal reagiu. Notando-se em perigo, desvencilhou-se do cinto de segurança. Em meio à escuridão, tateou para o lado, e não sentiu a presença de Marcos. Desesperado, deu a volta, guiando-se pela carcaça do carro, até chegar à porta do motorista. Nem sinal de Marcos.

Totalmente deslocado, perdido, decidiu subir até a estrada e acenar a qualquer um. No entanto, àquelas horas, debaixo de um temporal, poucos se atreviam a sair de casa. Restou-lhe se apressar até sua casa.

— Céli — gritou, batendo à porta.

— Tewal! — exclamou, sabendo que ele poderia entrar pela garagem e ter acesso à casa.

— É urgente! Abra!

— Meu Deus! — exclamou, ao vê-lo encharcado. — O que aconteceu?

— Chame por socorro: bombeiros, polícia — disse, correndo para buscar a lanterna no carro.

— Por que e para onde? — disse, confusa e nervosa.

— Meu amigo caiu no ribeirão ali na curva — berrou, sumindo.

Em movimentos rápidos, Tewal voltou ao local de posse da lanterna. Ao vasculhar a beira do ribeirão, encontrou Marcos sangrando na altura do pescoço. Desesperou-se vendo-o imóvel. Parecia estar sem vida.

126

— Não acredito! Perdão, Marcos...

Inconformado, lançou-se sobre o corpo para lamentar. Céli veio acolhê-lo, envolvendo-o com o braço. Não havia o que fazer.

Quando as autoridades chegaram, entre elas estavam o delegado e sua colega. Após um olhar detido sobre a cena do crime, a dupla procurou por Tewal, que se mantinha grudado a Céli, a poucos metros. A chuva descia levemente no momento.

— O que foi que aconteceu? — inquiriu o delegado?

— Não sei dizer. Foi tudo bem rápido.

— Pelo que parece, Marcos estava ao volante? É fato?

— É — falou, afastando a água que descia do rosto.

— Pelo que se pode deduzir, não estava em condições de dirigir, certo? — condicionou Tarsila.

— Não. Fomos a um bar. O Marcos passou aqui e insistiu para que fosse junto. Não estava a fim de sair. Mas acabei indo. Se não tivesse ido e se eu não tivesse passado do limite no beber, Marcos não precisaria me trazer.

— Lamentar não mudará o que aconteceu. E quanto aos disparos, tem algo a nos dizer?

— Não. Estava meio que dormindo, quando aconteceu... nada vi. Apenas senti um estrondo, algo se quebrando. Mas logo estava lá no ribeirão. A água me despertou. É o que lembro. Quem atirou visava a mim, não é?

— Pode ser. Nada se pode afirmar sem maior investigação.

— Se pensar no que nos disse, é melhor se controlar, ser mais cauteloso — observou o delegado. — Um amigo seu veio a falecer. Lamento a perda!

— Se não tivesse bebido tanto, teria sido eu o alvo.

— E se não tivesse saído? — questionou Tarsila.

Afastaram-se, deixando Tewal se entregar à culpa.

CAPÍTULO 11

Se na noite a trovoada mostrou sua força, no amanhecer de mais um dia, abriram-se as cortinas para a exibição do brilhante sol. O cenário energizou os moradores de Petrópolis. Licemar sentiu os efeitos do cenário exuberante, ao dar uma espiada pela janela. Com mais ânimo, ligou o rádio, pousado em cima da geladeira, como sempre fazia, antes de preparar o café.

A cafeteira dava tossidas, sintoma de que o café estava para ser degustado, quando a manchete que citava Tewal o fez correr para aumentar o volume do rádio.

— Para que o volume tão alto, pai? — questionou Jaquel, adentrando a cozinha, minutos depois.

— Tenho uma notícia quente.

— Que notícia? — indagou, suspeitando do que poderia ser.

— Tewal se envolveu em outro crime.

— Tewal? Crime?! Qual?

Licemar repassou o que acabara de ouvir.

— Pelo que entendi, pai, não é como disse, que Tewal está envolvido "em outro crime". Ele não praticou nenhum crime. Provavelmente era alvo.

— Ele estava bêbado como um porco. Mas sabe por quê? Fez isso de propósito para que o amigo dele dirigisse e fosse assassinado.

— Que absurdo! Quanta fantasia, pai. Só porque é Tewal, você inventa o pior. Sei o que quer: quer que eu o veja como você o pinta.

— E você, ora, está sempre a defendê-lo às cegas. Nega os fatos. Ele sempre atrai o que é ruim.

— Então você acha que, quando alguém atravessa uma situação ruim, é por culpa própria. Existem circunstâncias as quais não temos como controlar. Se é assim, todo o sofrimento que atravessei é porque atraio coisas más. Não é assim?!

— No seu caso, é consequência de ter se envolvido com ele. Aí é diferente.

— Pode ser que o mesmo esteja acontecendo com ele. Não é?

— O caso dele é histórico; o seu é circunstancial.

— Você me surpreende, às vezes, com esse jogo de palavras complexas no meio das costumeiras. Já sei: quer dar um toque de veracidade ao que diz. Que esperteza!

— Sou seu advogado, por assim dizer. Quero a defender, proteger.

— Sei disso, pai. Vou subir para o quarto. Daqui a pouco voltarei.

Envolvida pelas paredes do quarto, Jaquel começou a reviver os episódios em que Tewal se metera em dificuldades. Soavam-lhe estranho os acontecimentos incomuns que rondavam Tewal, de uns tempos para cá, alcançando-a também. Até mesmo o Dr. Dijálson, próximo deles, acabara sendo assassinado. As palavras da menina Miqueli punham desconfiança quanto a serem fatos isolados. Parecia haver um propósito nas ações, mas não conseguia achar qual.

De súbito, sem saber ao certo a razão, uma sombra de preocupação ficou a pairar sobre a cabeça. O que seria? Em segundos, a razão encontrou o que a espinhava. Tewal poderia ter morrido sem saber que fora pai. A voz, vinda do íntimo, gritou pela emergência de falar com ele para lhe revelar o status de pai. Faria isso depois de descer e tomar café.

Depois da madrugada turbulenta, Tewal não conseguia dormir. Pensamentos intrigantes lhe atormentavam a mente. Chegou o momento em que o peso do sono o afogou no esquecimento. Porém por pouco tempo. O som do telefone o traz de volta à superfície da consciência.

— Tewal? — disse a voz do outro lado.

— Sim.

— Aqui é Jaquel.

Tewal dissipou o resto de sonolência, com a voz que lhe soprava tranquilidade.

— Sei. Sua voz está em minha memória.

— Preciso falar com você.

— Sim — pronunciou, solícito. — Sobre o que seria?

— No encontro, eu lhe direi. É delicado. No entanto, posso lhe adiantar que cometi um grave erro com você.

— Erro grave?! — repetiu, procurando uma possibilidade do que seria.

— Pode ser na praça em que você me acolheu, quando fui atropelada por um ciclista?

— Sim. A que horas?

— Agora mesmo.

— Já vou para lá — falou ansiosamente.

Quando os olhos de Tewal encontraram Jaquel, a qual vestia bermuda, blusa branca e sandália, isso o inspirou mais agudamente. A imagem dela limpou de sua mente todos os problemas. Como queria correr de braços abertos para envolvê-la com paixão! Doce tempo em que viveu com ela cheio de vibração. O cumprimento, porém, foi cauteloso, formal. Que doido!

— Faz tempo que não a vejo. Continua linda — arriscou, não se importando com a reação dela.

— Obrigada — disse ela, não querendo lhe dar trela.

Ocuparam um dos bancos, no meio da praça.

— O que tem de urgente a me falar? — Perguntou, Tewal.

— Estou aflita. Não sei como começar.

— Simplesmente fale.

— Engravidei de você, mas o bebê não sobreviveu.

Ela temeu a reação dele. Viu o olhar dele a fuzilá-la. Tewal petrificou, por um momento. Não lhe vinha o que dizer. A revolta interna o assolou.

— Como pode não me avisar sobre sua gravidez?! Não podia ter feito isso! Eu fui pai e nem soube. Meu...

— Reconheço que errei — disse, interrompendo-o. — Minha vida estava um rebuliço. O médico recomendou que ficasse longe de todos os problemas para que tivesse a chance de dar à luz a um filho nosso.

— Então eu, o pai, era um problema?! Custa-me acreditar que me tratou como estorvo, uma pedra no seu caminho e de nosso filho. Já me bastavam os problemas até essa madrugada e agora venho a conhecer mais um, da pessoa que muito amei! Seria preferível que me desse um tiro. Só desgraça me aparece...

— Perdão — falou, sentindo o peito se condoer por Tewal. O coração estava do lado dele. — Tomei a decisão sem lhe falar, pois havíamos nos separado há pouco tempo e nossa relação ficou conflitiva. E meu pai só complicaria se voltasse a ter contato com você, depois que soube que me traiu.

— Não importava a situação: eu precisava ficar sabendo que carregava um filho meu. Na verdade, você o sequestrou de mim, evitando a parte que me cabe como pai.

— Que absurdo! — irritou-se ela. — Não sequestrei! Não me venha com linguajar extremado.

— E quando me acusa de trair, por vontade minha, por ser um cafajeste, um canalha, não estaria fazendo o mesmo?

Jaquel ficou a pensar.

— Tudo bem. Sei que errei. Retiro de campo partes do que o rotulei. Foi por raiva.

— Partes.

— É. Não vou engolir tudo. A não ser que um dia venha a estar ciente de outros fatos. Aí poderei reconsiderar as outras partes.

— Estou triste, com raiva de você por ter feito o que fez. Estou me contendo de lhe dizer o pior, porque tem um sentimento em mim que não quer a ferir, machucar você; e acabar com todas as chances de sermos próximos. Não consigo ser seu inimigo.

— Não precisamos ser inimigos. Temos errado, mas... mas acho que devemos nos respeitar. Já nos amamos.

— Sim, nós nos amamos — falou, saudoso. — Acho que nos falta uma dose de empatia de nos colocar um no lugar do outro. Talvez não sejam os problemas em si que nos dividam, mas como os vemos. Ou como queremos vê-los.

— É, pode ser — esboçou, vendo sentido na exposição dele.

Surpreendeu-o, embora sem jeito:

— Como aconteceu seu caso com a desconhecida?

O sinal verde para lhe explicar o caso passado fez renascer em Tewal um grau de esperança, mesmo que mínimo. Com prontidão, passou a lhe relatar o acontecido.

— Ela morreu?! — pronunciou Jaquel, trabalhando seu pensamento. — Isso é pior...

— Por que pior?

— Imagine: o marido, já triste, abalado por conta da fase terminal da esposa, descobre que ela o trai. Ela deveria se apegar a ele, mais do que nunca, nessa fase. Mas não. Ela decide terminar a vida nos braços de outro. O sonho e desejo dela com outro foi maior do que o de estar com o marido. Que golpe! Ele deve ter se sentido desprezível, inútil. Pense na revolta, na ira que sentiu, ou ainda alimenta. Dessa fonte, levo-me a crer, brotou o sentimento de vingança.

— Não havia pensado nisso.

— Até há pouco, também não. Mas, juntando o que sabemos, é o que me surge à mente. Nossa conversa me fez ter a certeza de que errei em não o ouvir. Deixei a fúria, a revolta dominar meu corpo e emoções. Peço perdão pelo mal que lhe fiz.

Tewal se sentiu constrangido, acuado e envergonhado diante da expressão de humildade dela.

— Eu aceito seu perdão. E aceita meu perdão?

— Aceito — falou, um pouco reticente. Preferiu mudar o rumo da conversa. — Agora o que mais interessa é sua proteção. Precisa se cuidar. O que se pode deduzir, por tudo que vem acontecendo, é que você é alvo de alguém.

— E, por você estar comigo, também corre risco. Meu amigo perdeu a vida por ter estado ao meu lado.

— Então é melhor a gente se dispersar.

— Concordo. Não quero que se prejudique por minha causa.

Jaquel absorveu a preocupação dele ao se erguer para sair. Houve um momento de hesitação quanto à despedida. Ficaram numa breve contemplação recíproca, sem nenhum contato físico. Um simples tchau os fez seguir cada um a seu destino, mas presos em pensamentos.

O encontro com Jaquel deixou Tewal muito mais leve, emocional e mentalmente. Dirigia rememorando a conversa com ela. A retrospectiva tinha como objetivo achar indícios de que haveria a possibilidade de reatar com ela. Ficara a se questionar se errou ou deixara uma boa impressão. Pelo que a memória lhe trazia, saiu-se bem.

No entanto, havia um incômodo persistente na base do peito. O sentimento da perda do filho, do qual não tomara conhecimento da existência, o impedia de se sentir plenamente bem, mesmo com o progresso na relação com Jaquel. Só no tempo, de volta aos braços de Jaquel, eliminaria o peso crônico da dor.

Embrenhado nos pensamentos, de repente, viu-se diante de uma barreira policial, ou blitz. Um dos homens fez sinal para que encostasse. Gentilmente a agente lhe pediu os documentos. Ao recebê-los, a agente sondou o veículo.

— Tem um problema sério, senhor — disse a agente ao voltar. — O lacre da placa traseira está rompido. É crime grave.

— Mas não sabia — manifestou-se Tewal, ao confirmar o fato. — Não sei o que aconteceu. O que posso fazer?

— Na verdade, além da multa, seu carro poderá ser apreendido. Você é filho do Sr. Dálcio, que faleceu recentemente?

— Sim. Sou.

— Já tive contato com ele. Foi uma pessoa muito boa. Vou dar uma palavrinha com meu superior para ver o que posso fazer. Aguarde um momento.

A agente foi até o seu superior apresentando-lhes os documentos ao relatar a situação do veículo. O agente superior examinou os documentos virando-se para dar uma espiada para se certificar de que o condutor correspondia ao da foto. O agente recolheu rapidamente o olhar para a posição inicial. Mesmo que por segundos, Tewal reconheceu de imediato o rosto daquele agente. A fisionomia do homem era do homem apontado por Miqueli, na lanchonete.

— Meu superior disse que o liberará, desde que vá imediatamente reparar o lacre. Posso confiar?

— Sim, claro que pode. Farei isso agora. Agradeço. Diga a seu superior que lhe agradeço muito. Qual o nome dele?

— É capitão Marcos Rodrigues, senhor.

— Mais uma vez: obrigado.

Ao se dirigir a um despachante próximo, Tewal enveredou seu pensamento na pessoa do capitão Marcos Rodrigues. Para Tewal, a fácil e rápida liberalização do veículo já era indício de que Marcos não queria maior contato. Na verdade, evitara-o, o que fortaleceu as suspeitas sobre Marcos. Foi o homem apontado por Miqueli ao lhe reconhecer a voz. A menina não titubeou na sua afirmação.

Ao deixar o carro aos cuidados de profissionais para a reparação do lacre violado, dirigiu-se a uma locadora de motos. Tewal despertou para o fato de que andava muito na passiva. As circunstâncias lhe apresentavam motivos para a ação. Era preciso sair das suspeitas para o concreto. A locação da moto tinha como função sair do óbvio para agir mais astutamente.

A segunda ação foi buscar informações sobre o agente Marcos Rodrigues. Pôs-se a vasculhar nas mídias para saber do endereço da residência dele. Embora com certa dificuldade, conseguiu. Agora só lhe restava se colocar em vigília para tomar conhecimento da rotina de Marcos.

Ao chegar perto do anoitecer, Tewal seguiu, em sua moto, para o início do bairro Alto da Serra, nas proximidades da residência de Marcos. Assim que identificou o endereço, estacionou a moto em lugar seguro, bem iluminado, perto de um pequeno mercado. Ao localizar um ponto de ônibus, decidiu fazer dele um ponto de observação. Ao chegar, mansamente, a escuridão, um carro vermelho entrou na residência. Pelo que pôde divisar, àquela distância, era Marcos.

O tempo foi indo devagar até duas horas depois, quando observou outro movimento. Dessa vez, o mesmo carro estava para sair. Tewal deu uma corridinha até a moto. Precisava segui-lo. À distância manobrava, hora de um lado, ora de outro, sempre tentando se manter fora da visão de Marcos.

Tewal sentiu um estranhamento a perturbar a mente, quando o carro perseguido estacionou na frente do prédio onde residia Dalita. Repentinamente, para não ser descoberto, Tewal se coloca entre dois carros estacionados. De espreita, seguiu os passos de Marcos, o qual acionou o interfone. O portão recuou para lhe dar passagem. Sumiu.

Correu para o interfone.

— Oi! Aqui é Tewal.

— O que foi? — indagou, estranhando a presença dele.

— Gostaria de conversar um pouco. Pode me atender?

— Agora, no momento, não posso. Mas sobre o quê?

— Sendo você muito amiga de Jaquel, gostaria que confirmasse ou acrescentasse sobre a confissão que ela me fez hoje.

— Que confissão?

— Que ela teve um filho meu. Estou confuso. Não sei se é verdade tudo que me disse. Como amiga íntima de Jaquel, penso que pode me ajudar a dissipar as dúvidas que alimento.

— Ah! Mas não tenho nada a mais para acrescentar. Pode acreditar no que ela lhe falou.

— Tem alguma coisa contra mim, que não quer me receber?

— É que estou esperando meu namorado. Não pega bem você aqui.

— Entendo. Tudo bem. Fica para outro dia.

Antes da conversa encerrar, Tewal ouviu o som da campainha. Cismou. Seria Marcos o namorado dela? Estranho! Se fosse, Dalita poderia estar se envolvendo com um sujeito perigoso. Era preciso alertá-la. Se bem que, havendo envolvimento emocional, não tinha como convencê-la, com poucas evidências.

*

Chegando à casa, ainda nutrindo o pensamento com o que acabara de saber, Tewal foi à sala para jogar o corpo sobre o sofá, quando reparou na empregada sobre o móvel. Céli se pôs de pé com a cara amarrotada. Era anúncio de problema. Temia saber de mais um, com tantos que enfrentava.

— O que foi que aconteceu?

— Estou triste por ter que deixar esta casa.

— O quê?! Por quê?

— Minha irmã, responsável por cuidar da minha mãe, vai sair de casa para morar com o namorado. Assim, terei eu que cuidar dela.

— Não há outro jeito? Quem sabe possa vir morar aqui.

— Infelizmente, não tem como. Ela é idosa e não vai deixar suas raízes.

— Não há outra pessoa para cuidar dela?

— A mãe quer a mim.

— Nesse caso não posso forçar. Até quando ficará?

— Até semana que vem.

— Ainda bem que mais um pouco. Amanhã viajarei para a Bahia. Será uma viagem rápida.

— Pode ir tranquilo.

Ele agradeceu antes de se enfiar no quarto. O dia foi repleto.

Estirado sobre a cama, a figura de Jaquel entra no pensamento. Se tudo tivesse continuado bem, estaria com ela, e, quem sabe, com Jatel. Um sentimento, não sabia qual, lhe cobrou a visita ao túmulo do filho. Sentiu-se pecador por ser relapso com o pequeno que se fora. De imediato, mandou mensagem a Jaquel para que fornecesse o exato endereço onde fora enterrado Jatel. Ele o visitaria no amanhecer que se avizinhava.

*

Chegando a Santo Amaro, no dia seguinte, Tewal sentiu medo de sua própria reação diante do túmulo do filho, com o qual não teve oportunidade de contato. Lembrou-se do pai. A tristeza dobrou. Ao ficar de frente da lápide, os olhos largaram copiosamente o resíduo da tristeza, e a dor arrasava o peito. Ficou ali por um bom tempo. A mente lhe trazia recordações, arrependimento, perdão; uma profusão de pensamentos perturbadores.

— Desculpe se estiver interrompendo — articulou uma voz suave. Vinha de uma senhora idosa, de olhos pequenos, vestido colorido e chinelo.

— Não tem problema — respondeu, retirando o grosso das lágrimas do rosto.

— É seu filho?

— Sim.

— Será que ela mentiu? — refletiu, alto.

— Quem é ela?

— A moça que esteve aqui outro dia. Ela me disse que não era casada.

— Ela não mentiu. É que nos separamos. –- Atendendo ao apelo da cisma que lhe ocorreu, interrogou: — Como era ela?

— Era nova, moreninha, de cabelos castanhos. Não quis conversa comigo. Só o básico.

A descrição não batia com a fisionomia de sua ex. Porém, tinha que levar em conta que a senhora talvez não enxergasse direito e que a memória já estivesse em baixa potência. No entanto, uma jovem estivera ali, conforme mencionado pela senhora.

A jovem mencionada pela velhinha engravidara de um rapaz que estudava no mesmo colégio. Para que os pais não viessem a saber da gravidez, resultado que não admitiam em hipótese alguma, teve que procurar pela clínica do Dr. Hernane. A clínica não era confiável. Hernane era o responsável por ela.

A perda do filho não fora intencional, embora tenha evitado complicação familiar. Mesmo assim, no fundo se culpava, pois usara faixa bem apertada para evitar volume. Foi somente quando passou a se sentir mal é que procurou a clínica. Ao dar entrada, o médico lhe explicou que precisava tirar o ser que nela se encontrava, visto que já achava-se sem vida. Para se ausentar da escola, tivera que suplicar por um atestado falso, o qual lhe fora concedido, sob a alegação de afastamento por dengue. Para evitar que os pais ligassem ao colégio e tomassem conhecimento da falta de frequência escolar, telefonava constantemente a eles. Os pais haviam se mudado para Campinas, São Paulo, há um ano.

Como teve a infelicidade de perder o pequeno ser, teve que novamente apelar para o Dr. Hernane para que não fornecesse nenhuma certidão de óbito, pois temia que, por um acaso, cedo ou mais tarde, sua gravidez fosse descoberta. O doutor então lhe sugeriu que não emitiria nenhuma certidão, mas que escolheria um nome, para que a moça pudesse, ao menos, visitar a lápide do natimorto. Seria um segredo que morreria com eles. O nome escolhido foi Jatel.

Sem ainda saber qual o destino a tomar, já que o ano letivo estava comprometido, a moça foi ao túmulo para dar o adeus àquele que teria sido seu filho. Nunca mais retornaria ali.

Tewal se despediu da senhora com o pensamento perturbado. Mais uma incógnita que entra em sua vida. Situações estranhas não paravam de acontecer.

*

Ao sair do supermercado, Jaquel esbarrou com o office boy da empresa onde trabalhou, o qual acabara de largar do trabalho.

— E aí, Jonas, como está? — falou Jaquel, em tom animado.

— Oi! Estou bem. E aí, não vai voltar a trabalhar conosco?

— Se abandonei o emprego às pressas, acho difícil me contratarem de novo.

— Primeiro você e agora Dalita.

— O quê?! Está falando sério que Dalita deixou o emprego?

— Ela ainda não deixou o emprego, mas vai sair. Vai trabalhar nos Estados Unidos, no escritório de um amigo dela.

— Ela nunca me revelou essa pretensão. Nem sabia que ela tinha amigo por lá.

— Talvez não tenha expressado por medo de não dar certo. Tem gente que não gosta de comentar... Superstição.

— É, isso é... — expressou, pensativa.

Curiosa com a notícia, despediu-se do rapaz e foi dar uma visitinha à amiga.

*

— Vim lhe dar um oi, porque acabei de ficar sabendo que está deixando a empresa — falou, assim que foi recepcionada pela amiga, na porta do apartamento.

— Quem lhe contou?

— Jonas.

— Aquele fofoqueiro! Só não lhe falei antes, porque não tinha certeza se daria certo ou não. Só quando recebi a resposta positiva é que pedi a conta. Ficarei na empresa por mais uns dias até fechar com meus compromissos.

— E para onde vai, exatamente?

— A Los Angeles. Meu amigo montou um escritório e me convidou para trabalhar com ele. O nome dele é Robson. A princípio vou morar com a família dele até me achar, como se diz. Depois alugarei um apartamento.

— É só amigo? — maliciou, com sorriso.

— Somente amigo. Ele é casado. Já tenho pretendentes.

— Tem um em especial que possa me revelar?

— Tenho, mas não revelarei agora. Primeiro tem que dar certo. É superstição.

— Que pena. Estou curiosa.

— Ah! Ontem à noite Tewal veio falar comigo. Achei estranho.

— Também acho. O que ele queria?

— Queria saber se você falou a verdade sobre toda aquela situação de engravidar e perder o bebê.

— E o que disse?

— Que tudo que lhe falou é verdade.

Jaquel não acreditou na versão que Tewal fora ali para somente confirmar o que lhe falara. Tinha outra pretensão.

Quando Jaquel deixa o apartamento, Dalita disca para um número e marca encontro para a noite seguinte.

*

Assim que retornou da viagem, isso antes do meio-dia, Tewal foi ao banco pedir a conta. Perdera muitos dias ultimamente e teria que tocar os negócios que o pai deixara. O que mais precisava era reorganizar sua vida e mente. Sentia a necessidade de tomar ação para ficar em paz consigo mesmo, para então se dar bem com Jaquel. Mas sabia que não poderia chegar a lugar algum, sem antes pôr a limpo algumas preocupações. Uma delas era Marcos Rodrigues.

Sem saber o que exatamente fazer, foi até um conhecido, Deodoro, um homem gordo, fumante, tatuado e barbudo, o qual vivia à margem da lei. Deodoro tinha meios de ir a fundo num caso quando fosse necessário. Logo de entrada, falou-lhe do caso a ser averiguado. Deodoro se mostrou desinteressado de início. No entanto, por uma boa grana, acabou rendendo-se ao serviço.

Mesmo antes de chegar em casa, Tewal liga para Jaquel.

— Você conhece o namorado de Dalita? — indagou de imediato.

— Não. Somente na última visita é que me confessou que tem namorado. Mas por que isso?

— É que a menina Miqueli reconheceu a voz de quem disparou contra o Dr. Dijálson. E este cara, Marcos Rodrigues, por coincidência ou não, frequenta o mesmo prédio em que mora sua amiga.

— Como ficou sabendo disso?

— Depois explicarei melhor. O que importa no momento é saber se ele tem algo a ver com Dalita.

— Mas Dalita não se envolveria com um cara desses.

— Talvez não saiba quem ele realmente seja. Mas isso se o que imagino for verdade. Precisamos eliminar primeiro isso, para então prosseguir.

— E o que podemos fazer?

— É para isso que liguei: para avisar que vou agir. Não sei no momento o que fazer. Vou pensar e depois ligarei. Certo?

— E como foi lá na Bahia?

— Deixe isso para outra hora. Agora, como sabe, tenho que pensar num plano. Está bem?

— Sim. — Jaquel pressentiu haver algo de enigmático por trás das palavras dele. Brotou uma estranha preocupação.

Passada uma hora, mais ou menos, Tewal informa Jaquel sobre o plano a ser colocado em ação, na mesma noite.

*

O ponteiro mais alto estava para cravar vinte horas, quando Tewal telefona para Jaquel, informando-a de que Marcos deixara a casa. Jaquel permaneceu no carro, à espreita.

Mais tarde, Jaquel vê Marcos chegar, orientando-se pela descrição passada por Tewal. Aguardou alguns minutos até se dirigir ao interfone.

— Oi! Vim tomar um café. Tem? — Jaquel mostrou-se animada na abordagem.

— Sim — responde Dalita em tom de desapontamento com a presença de Jaquel.

— O que foi? Algum problema?

— Não. Vou preparar um café.

No apartamento, Dalita olhou para Marcos com o pensamento a mil.

— O que faremos? — indagou ela a Marcos.

— Esconda-me no seu quarto.

— E se ela quiser entrar, por algum motivo? O perfume vai o denunciar.

— Pode fazer o seguinte: assim que ela entrar, não tranque a porta. Leve-a à cozinha. Assim consigo deixar o quarto e sair.

— Pode ser. Mas cuidado para não fazer barulho.

— E perfume? Será que ela não notará?

— Use um pouco mais do seu, para camuflar. Estará tudo bem.

A campainha anunciou a presença de Jaquel.

— Não quero atrapalhá-la, mas acontece que meu pai saiu para um aniversário. Voltara tarde. Aí, já que você vai embora, achei que podia aproveitar bem o tempo que nos resta.

— Bem pensado.

Jaquel permaneceu por quase duas horas. Assim que deixou o apartamento, Dalita telefonou para Licemar. Desligou, assim que ele atendeu.

CAPÍTULO 12

Marcos saiu do prédio irritado com a presença de Jaquel, por ter atrapalhado seu encontro com Dalita. Descarregou sua fúria no acelerador. Em poucos metros, sentiu o balanço estranho do carro. Parou. Os pneus de trás estavam com pouco ar.

Um homem surgiu detrás de um veículo estacionado, apontando-lhe uma arma. No mesmo instante, um carro de cor cinza se aproximou deles, de onde saiu um homem encapuzado para abrir a porta traseira. Marcos foi enfiado no veículo através dela.

— O que querem? — indagou, desesperado.

— Fique quieto! — disse o homem, à direita, que o escoltava, com arma em punho.

Em cerca de meia hora, chegaram a uma velha fábrica de gelo. Abriram o portão enferrujado, para seguirem até o fundo. Marcos foi desembarcado e levado para uma ala úmida, com pouca luminosidade. O medo fez o corpo tremer e a respiração mudar de ritmo.

— Agora tire a camisa, calça, sapatos e meias — ordenou Deodoro.

— Falem o que querem…

— Cale a boca e obedeça! — reforçou um dos adidos de Deodoro, encapuzado, pressionando a ponta da faca nas costas de Marcos.

Este se viu obrigado a seguir as instruções.

— Agora passe as mãos para trás.

Sentiu a corda envolver seus punhos.

— Afinal, o que querem de mim?

— Farei algumas perguntas — avisou Deodoro, indo de um lado a outro à frente dele. — A primeira é: foi você quem matou o Dr. Dijálson?

— Não! — respondeu, emitindo sorriso de ironia. — Sou da polícia. Não mato inocentes.

— Parece que ele não está falando a verdade, companheiro — falou Deodoro, dirigindo-se ao comparsa.

— É, ele não me convenceu — reforçou o adido, ironicamente.

— Está vendo, capitão Marcos — falou Deodoro —, ninguém acredita nas suas palavras. Acho melhor colaborar. Matou ou não Dijálson?

Marcos fez um gesto de cabeça, negando. Deodoro fez sinal para o companheiro.

Marcos foi levado para frente de uma câmara fria. A fumaça da baixa temperatura escapou do compartimento, assim que a porta foi aberta. Marcos foi empurrado para o interior da câmara. A pele sentiu fortemente a ação do frio. Deodoro puxou uma cadeira e sentou-se bem em frente, esperando com calma os efeitos da temperatura em Marcos.

— Não vai demorar muito para falar — disse ao comparsa.

— Se ficar muito tempo aí, com certeza ficará doente — contribuiu o outro.

— Foi você quem matou o Dijálson?

— Já disse que não — falou, tremendo de frio.

— Encoste um pouco a porta — ordenou Deodoro ao colega.

Marcos sentiu desespero. Com muito frio e no escuro, o pavor lhe veio. A respiração se tornara complicada. Sintomas de claustrofobia também entraram em cena.

— Quem matou o Dr. Dijálson? — indagou, ao reabrirem a porta.

— Está bem — falou se contorcendo de frio e com voz entrecortada. — Fui eu.

— Muito bem. E Dalita está envolvida?

— Não. Juro que não.

— Feche a porta — ordenou Deodoro.

— Não, não…

Foi abafado.

— Dalita está envolvida? — voltou a perguntar, depois de aberta a porta.

— Dalita sabe de tudo, mas não está envolvida — falou aos trancos, já muito afetado pelo frio. — Ela não quer se meter. Ela é minha namorada.

— Agora me responda: por que matou Dijálson?

— Não sei.

— Não sabe?! — questionou Deodoro. — Vou ajudá-lo nesta questão. — Fez sinal para que se encostasse a porta novamente.

Marcos gritou por socorro. Imediatamente o enclausuraram. Ao ser reaberta, o homem se encontrava caído. Tiraram-no dali e providenciaram água para banhá-lo.

Ouviram sirenes. Temeram. O motorista veio, às pressas, avisá-los de que as autoridades estavam vindo em direção a eles. Apressaram-se em dar o fora. Marcos ficou abandonado. A polícia o resgataria.

Um rapaz que vivia na rua foi quem avisou a polícia. De dia andava por aí e à noite tinha um canto, dentro da empresa, em que podia dormir. Além de lhe conceder o espaço com o necessário, o patrão lhe pagava para cuidar da empresa.

Tewal andava pela casa de um lado a outro na ânsia de saber o que Deodoro extraíra de Marcos. Na verdade, queria que suas suspeitas se tornassem verdades. Quando o telefone tocou, tremeu de agitação.

— Pronto — falou num rompante.

— Foi ele quem matou o Dr. Dijálson. Ele confessou.

— E por que o matou?

— Não disse. Nesse momento a polícia chegou. Alguém nos denunciou.

— E quanto a Dalita...?

— Ele jurou que ela não está envolvida, mas sabe de tudo.

— Desgraçada!

— Ele disse que Dalita é namorada dele.

— E o que aconteceu com Marcos?

— Tivemos que deixá-lo por lá. Não queríamos riscos maiores.

— Tomaram todo o cuidado para não serem descobertos?

— Sim. Não há como saber que fomos nós.

— Certo.

*

Jaquel, enfurnada no quarto, ora mexia no celular, ora descia para vasculhar a geladeira. A ansiedade lhe dava fome.

— O que foi, filha? Anda agitada.

— Verdade. Queria dormir mais cedo, mas não consigo — mentiu.

O telefone tocou. Subiu ao quarto.

— E aí, o que descobriram?

— Marcos matou o doutor.

— Meu Deus! Mas por quê?

— Isso não deu para arrancar dele. A polícia atrapalhou ao chegar ao local.

— E Dalita? — Temeu em perguntar. Não queria ouvir o pior.

— Ela é namorada dele.

— Caramba! Com quem foi se meter...

— Mas ela está a par de tudo.

— Como assim?

— Sabe que o namorado matou o doutor. Creio que tenha conhecimento de outras coisas também.

— Será que por isso vai embora?

— Vai embora?!

— Sim. Ela está indo para os Estados Unidos. Disse que vai trabalhar por lá, no escritório de um amigo. Fico intrigada porque não me falou do namorado.

— É porque tem algo escuso. Desconfio que não se limita a ela somente saber sobre os atos de Marcos; pode estar envolvida.

— Não, não pode ser. Conheço-a bem.

— Não tão bem. Escondeu o que geralmente amigos conversam: sobre relacionamentos.

O questionamento fez Jaquel lembrar-se de quando Dalita fora admitida na agência de publicidade. Veio a trabalhar na mesa ao lado. Dalita se apresentara como originária do Espírito Santo. Mas seu jeito e sotaque pareciam características de cidadãos mineiros. Desconfiou. Porém, com o tempo, as discrepâncias ficaram no esquecimento, à medida que a amizade foi ganhando corpo e força.

Outro fator que veio à mente foi o de que, ao examinar o diploma de Dalita, havia erro de data: a idade que constava no diploma era de um ano de diferença a menos do que a apresentada nos documentos pessoais. Questionada do porquê dessa diferença, contra-argumentou que fora erro de digitação das autoridades. Não consertara, até aquele momento, pois exigia-se muita burocracia.

Se alguns fatores colocavam Dalita como contraditória, misteriosa, ou desleixada, agora não. Se antes os via isolados, sem continuidade, ou conexão, com os novos fatos, ganhavam liga. Com base no conjunto, havia como levantar suspeitas sobre Dalita.

Um suspiro de decepção e revolta encheu seu peito. Jaquel viu a questão como pessoal. Dalita abusou da amizade ao enganá-la.

— Jaquel! — chamou ele.

— Sim.

— Por onde andava com o pensamento?

— Ah, no que me disse — disfarçou.

— E aí…?

— Vou pensar no que posso fazer — respondeu, com ar de frustração, ainda incomodada com Dalita.

— Ótimo.

Depois de esgotarem o assunto em pauta, Jaquel lembrou-se da viagem dele à Bahia. Embora atiçada em saber dos detalhes, ficou com receio de tocar no assunto. Por outro lado, precisava dissolver a suspeita de que ele não quisesse falar da viagem, por nutrir alguma mágoa contra ela.

— E agora, se puder, pode me falar sobre sua viagem à Bahia? — indagou, corajosamente, mas em tom brando.

— O que posso dizer?! Dói-me falar sobre o assunto. E temo que por conta disso venhamos a discutir. Não quero isso.

— Queria apenas, sei lá, buscar consolo. Dói a mim também por não lhe falar a verdade, no momento exato. Não, não quero discussão.

Tewal emudeceu por um instante. Sentiu nas palavras dela que desejava apenas conversar.

— Por acaso esteve por lá esta semana?

— Não! Por quê?

— Foi o que achei. — Tewal se demorou em continuar. Pesou se valia a pena ou não.

— Por que a pergunta?

— Perguntei, porque uma senhora que me abordou disse que uma moça estivera no túmulo de nosso filho. Segundo essa senhora, a moça falou que era solteira e perdera o filho no parto. Achei estranho.

— Também acho. Deve ser coisa da cabeça dela.

— Não me pareceu maluca.

— Não é bem isso que quis dizer. Tem uns que contam que viram isso ou aquilo. É nesse sentido que estou me referindo.

— Entendi.

— Quem sabe, confundiu-se ao conversar com outra pessoa. Ou não entendeu direito o que a moça lhe falara.

— É, pode ser. Mesmo assim, ela me pareceu consciente do que dizia.

— O que está sugerindo?

— Nada. Minha cabeça me diz que algo não bate. Se bem que estava tomado pela emotividade. Quem sabe me afetou. Talvez eu não tenha entendido direito aquela senhora.

— Também pode ser. Mas não me venha com mais mistérios. Já temos bastante para nos preocupar. É melhor a gente descansar. Fizemos muito, hoje. Amanhã nos falaremos. Obrigada por… por saciar minha curiosidade.

— Não precisa agradecer. Apesar do assunto, conversar com você sempre é bom. Sempre que precisar, estou aqui.

— Obrigada. Boa noite. — Queria lhe mandar um abraço, mas conteve-se.

Tewal sentiu vontade de lhe dizer te amo, mas achou que ainda era cedo para isto.

— Uma boa noite para você também. — Desligou.

*

Já passava da meia-noite quando Dalita entra num táxi. Estava diferente, tanto no penteado quanto na roupa escura colada ao corpo. Parecia querer se fundir com a escuridão. Talvez para não ser percebida facilmente. Mostrava-se cautelosa nos passos. De olhos vigilantes, estes sondavam ao redor temendo ser seguida ou observada. O destino seria a residência do juiz de direito Wladimir.

Ao chegar à casa, bem murada e com vigilância eletrônica, o portão lhe deu passagem. O juiz veio pessoalmente lhe abrir a porta. Wladimir, homem de cabelos grisalhos, de óculos, e uma pequena cicatriz no lado direito do rosto, esboçando sorriso, abriu os braços para envolvê-la num forte abraço. Os corpos foram se acomodando para um beijo de lábios. Ao desatarem-se, ele a conduziu para a ala de lazer. Um vinho com petiscos estavam à disposição.

— Você acompanhou o que aconteceu com o capitão Marcos? — indagou, ao lhe servir a taça.

— Sim, pela mídia. Foi capturado.

— Quem eram eles e o que queriam? Sabe de alguma coisa?

— Não sei. Não fui informada, ainda.

— Segundo minha fonte, queriam saber se Dijálson fora assassinado ou não, e quem o executou, e a mando de quem.

Enquanto ele bebericava sua taça, Dalita mergulhou no silêncio da preocupação.

— E o que ele respondeu?

— Confessou que matou o doutor. Mas não quem está por trás da encomenda.

— E quanto a mim, revelou alguma coisa?

— Parcialmente. Contou que você é namorada dele e que sabe de tudo, mas não está envolvida. No fim você é cúmplice.

— Ferrou comigo. Desgraçado.

— Foi o melhor que pôde fazer. Estava sendo torturado. Podia ter sido pior. Parece-me ser bem leal a você.

— Sei o que está insinuando. Não venha com essa conversa. Ele é apenas um aliado; ganha para isso. Vamos ao que é sério. O que acha do depoimento de Marcos?

— Foi esperto. Mentiu que foi pego por criminosos, porque outrora interceptou drogas; eu não teria pensado melhor. Ao mesmo tempo deu destaque à polícia, dizendo que, se não tivesse chegado a tempo, teria morrido. Exaltou-a. Bem jogado. Assim a polícia engoliu mais facilmente a narrativa. E, sendo policial, dá mais credibilidade à deposição.

— Bela análise. Fico mais tranquila. Mas será que foram contratados por Jaquel ou Tewal? Ou, quem sabe, por ambos?

— Tem alguma razão para suspeitar deles?

— Essa noite, antes de tudo isso acontecer, Jaquel foi me visitar, dizendo que, por saber que estou de partida, aproveitaria o tempo que me resta aqui, com ela. Porém, alegou que o pai dela fora a um aniversário e que voltaria tarde. No entanto, quando deixou o apartamento, liguei para ele. Atendeu. Não estava em festa. Justamente essa noite quando Marcos esteve lá e foi apanhado logo depois. Desconfio dela.

— E o que podemos fazer a respeito?

— Não sei. Estranho ainda foi Tewal bater lá dias antes, para falar comigo.

— Sobre o quê?

— Para confirmar se o que Jaquel lhe falara era ou não verdadeiro. Os dois estiveram lá, estranhamente, um pouco depois de Marcos entrar no prédio. E, embora separados, agora estão se conversando. Desconfio que estão por trás do ataque a Marcos.

— É, temos que movimentar nossas peças. A maior preocupação é Marcos. Se alguém souber que foi ele quem matou o doutor, o que há de ser dele?!

— No que pensa? Eliminá-lo?

— Ele se saiu bem no depoimento. Eliminá-lo chamará muita atenção. Porém, e mais adiante? Veremos como ficará nossa situação. Aí saberemos o que fazer. Mas ele precisa se afastar da corporação para um dia desaparecer. Do contrário corremos perigo.

— Sente-se aqui — anunciou ela, com ardil, apontou para a poltrona feita de bambu, ao lado. Fez-lhe carinho antes de apresentar uma solução.

Dalita expôs ao companheiro que, por Marcos ter sido torturado e por ficar de frente com a morte, ficou traumatizado. Era preciso explorar essa condição. As sequelas interfeririam no exercício de suas atividades profissionais, e na vida particular. Criada a situação de anormalidade, psicológica e emocional, precisariam providenciar, inicialmente, seu afastamento, em seguida o desligamento de Marcos da corporação. E para não correr novo risco, por vingança, já marcado, terá que se mandar para um lugar distante. No estado do Amazonas, quem sabe.

— Bela saída — falou-lhe, beijando-a.

— Mas tem um porém: Marcos terá que fingir estar desestabilizado emocionalmente. Sabe, um pouco de loucura. — Riu.

— Vou pedir que o orientem a agir qual desequilibrado.

— Ele se deu bem no depoimento. Saberá atuar nesse novo papel.

— Sim. E como estão os preparativos para a sua viagem?

— Está tudo em ordem. Os últimos nós burocráticos foram desatados por Marcos, antes de ser apanhado. Ele é bom no que faz!

— É?! — indagou fazendo-se ciumento.

— No campo em que está pensando, não sei. O que me interessa é em que em breve estarei na bela Suíça usufruindo dos meus dez milhões.

— Logo depois, também estarei lá, com meus dez milhões. Vamos namorar muito!

— É, depois de quase quatro anos de planejamento e ação, estamos chegando ao resultado. Finalmente!

— Esse curto tempo de trabalho nos renderá para o resto da vida. Valeu a pena. Parece que é verdade que a maldade compensa.

— Parece, não. É!

Riram e colaram os lábios com ardor.

*

Depois de ter falado com Tewal, Jaquel desceu para tomar água. O pai estava em frente da TV.

— Por que não está dormindo, filha? — perguntou, já sonolento.

— Agora vou. E por que não foi dormir ainda?

— Com quem estava falando?

— Com Tewal. Mas não me xingue. Tenho que dormir. Senão, vou virar a noite.

— Deixarei isso para amanhã — disse, ao se levantar.

— Isso mesmo.

— Então foi ele que ligou para cá, quando você não estava. Desligou sem nada dizer.

— Estranho. Ele tem meu número? E nos falamos. Viu o número que ligou?

— Não apareceu. Deve ter sido engano. Boa noite, filha!

— Desligue a TV. Não, deixe que eu desligo. Boa noite, pai. Beijo!

Jaquel cismou se teria sido Dalita. Talvez o tenha feito para se certificar de que lhe falara a verdade sobre o pai estar numa festa de aniversário. Jaquel se viu em um jogo de quem venceria ou se sairia melhor. Agora não tinha como enganar Dalita. Havia uma guerra fria entre elas. Foi ao quarto tentar dormir.

CAPÍTULO 13

Jaquel andava perturbada com a situação envolvendo Dalita. Já não tinha mais coragem de chamá-la de amiga. Contudo, não conseguia tratá-la de outra forma. Ocorreu-lhe que poderia cometer injustiça, caso não averiguasse de perto se Dalita estava envolvida na morte de Dijálson, ou não. Irrompeu a ideia de usar o amigo office boy para obter os dados pessoais de Dalita e partir para a investigação.

O office boy se dedicou até a encontrar os dados que serviriam a Jaquel, para de uma vez por todas limpar sua mente de incertezas, confusões, quanto a Dalita. Sabia que a amiga escondia algo, que havia mistérios envolvendo-a, mas quanto ao que era, verdadeiramente, ainda não.

*

Investida de coragem, rumou para Linhares, Espírito Santo, a centro e trinta quilômetros da capital, bem cedo. Optou por carro de aplicativo para encontrar o endereço desejado. Foi complicado, pois não havia ordem na numeração. Mas, por fim, perguntando aqui e acolá, encontrou-o.

Em frente à residência, Jaquel respirou fundo. Preocupou-se com a receptividade. Correndo os olhos pela casa, encontrou a parede de madeira disforme e manchas de pintura. As intempéries fizeram efeito, e os recursos estavam aquém para combatê-lo. Ao redor, estacas fincadas no chão, se não a protegiam, demarcavam espaço privado. Algumas galinhas ciscavam no fundo da casa.

Abriu o portão de madeira, encostado por um arame. Ela o repôs assim que entrou. Antes de bater à porta, uma senhora, com cabelos escuros, magra, com uma faixa envolvendo uma das pernas, com dificuldades no andar, a recepcionou. Os olhos fundo da senhora pareciam não discernir bem a figura a sua frente. Imaginou se tratar de uma agente sanitária; sem temer, convidou Jaquel a entrar. Antes de adentrar a casa, um cachorro de porte médio veio-lhe cheirar as pernas.

— Ele não morde — gritou um menino, que brincava na rua.

Mais tranquila, Jaquel fez um leve afago no animal.

— Tobi, vem cá! — disse o menino, assoviando em seguida.

O cachorro disparou em sua direção.

— A senhora é mãe de Dalita? — indagou, enquanto a senhora lhe arrastava uma cadeira de palha.

— Sim — respondeu timidamente, ao sentar-se num pequeno sofá, cheio de panos, com o fim de cobrir o desgaste.

— Pode me dizer seu nome?

— Marlete.

— Sou amiga de sua filha — falou, com mais confiança, ao se sentir bem acolhida. No entanto, reparou o olhar paralisado de Marlete, a qual se mostrou cismada.

— Não pode ser — murmurou Marlete, um tanto deslocada. — Tem certeza de que está na casa certa?

— Tenho, sim. Sua filha não se chama Dalita Neves?

— Sim. Mas minha filha já faleceu. Faz tempo.

Jaquel, com o choque na notícia, se viu sem saída. Estava como que numa babel: não se entendiam. Falavam línguas diferentes.

— Como ela morreu? — falou, retomando as rédeas da conversa.

— Foi atropelada. Faz uns quatro anos.

— Lamento muito! A senhora tem mais filhos?

— Não. Só tinha ela. — Ainda confusa, indagou: — A senhora me disse que tem uma amiga que se chama Dalita? — O nome lhe era muito significativo; remetia à memória da filha.

— Sim. Acho que confundi a senhora com a mãe da minha amiga. Mas estou feliz de conhecer a senhora. E o que fazia sua filha? Estou curiosa em saber.

— Ela tinha se formado em publicidade. Começou a trabalhar numa agência, no centro. Queria tanto me ajudar! — Lamentou. Lágrimas avançavam ao rosto.

— Ela conseguiu o diploma? — indagou, após instante de hesitação, em vista do estado de ânimo da Marlete.

— Sim. Vou pegar.

Jaquel se sentiu embaraçada por entrar na casa errada. Mesmo assim, precisava ter certeza do erro. A mente lhe trouxe outra possibilidade: a de que Dalita usava uma falsa identidade.

— Aqui está — apresentou, com orgulho, o diploma da filha.

— Obrigada.

Como olhar escrutinador, passou a examinar a idade. Notou que, em comparação com a amiga e ex-colega de trabalho, conforme registro nos documentos pessoais, havia a diferença de um ano a menos em relação à amiga. Já pelo diploma, as duas tinham a mesma idade. O erro alegado pela ex-colega talvez fosse falsidade ideológica.

— Bela lembrança. A senhora tem foto dela? Gostaria de saber como ela era.

— Tenho.

As fotos revelaram um rosto largo, bonito, com cabelos claros, os olhos levemente azuis. As características apontavam diferenças entre as

Dalitas. Se bem que leves. A amiga Dalita tinha como se moldar a Dalita da foto. E, com o decorrer dos anos, as pessoas mudam no aspecto.

— Sua filha era linda.

— Obrigada. Esse diploma quase foi perdido.

— O quê? Mas como?

— Quando minha filha faleceu, trouxeram todas as coisas dela, mas não o diploma. O diploma estava no escritório dela. O homem que trouxe as coisas me disse que o havia guardado no porta-luvas. Disse que esquecera de me entregar quanto estivera aqui. Ele trouxe o diploma só três dias depois. No dia que trouxeram as coisas dela, nem olhei se haviam trazido tudo.

— Não se culpe. A senhora estava muito abalada com a perda de sua filha. O importante é que agora está aqui, com você. E fruto do esforço de sua filha.

— E quanto a quem atropelou sua filha, quem foi? Sabe?

— Foi um juiz. Um juiz de direito.

— Ah, sei. E o nome dele, lembra?

— É Vla... começa assim. Ou Vle...? Não me lembro agora. Desculpe!

— Não, não precisa pedir desculpa. Eu também esqueço nomes.

— Disseram que ele estava bêbado. Mas sabe como é: com esse tipo de gente não acontece nada. O que uma pobre como eu podia fazer?

— Tem razão. E onde ele trabalha?

— Disseram-me que trabalhava em Minas Gerais. Mas depois foi mandado para outro estado. Em qual, ninguém sabe.

— Eles mantêm segredo. Mas o que ele estava fazendo por aqui?

— Não sei ao certo. Parece que vinha de uma festa ou bar.

— Veio fazer folia onde não o conheciam — comentou Jaquel, refletindo. — Mudando de assunto: e seu marido? Desculpe perguntar, mas estou preocupada com a senhora.

— Não tem importância. Meu marido me largou com uma vizinha; já faz tempo. Minha esperança era minha filha.

— Que lamentável! E como vive?

— Ganho uma pequena aposentadoria, por ser agricultora. Era. Agora não tenho condições. Deixe-me pegar uma xícara de café para a senhora.

— Está bem. Obrigada.

Ao sair dali, Jaquel pesquisou sobre o atropelamento, mas não encontrou referência ao nome do juiz. Acobertaram.

*

Chegando ao aeroporto de Linhares, para a volta, Jaquel teve de aguardar. Aproveitou o tempo para fazer uma ligação a Tewal. Desejava lhe dar uma prévia do que acabara de saber. Frustrou-se por não conseguir comunicação, sob o impulso da ansiedade. Jaquel deixou mensagem para que ele a aguardasse na chegada, no Aeroporto Internacional do Galeão, Ilha do Governador.

Ao ler a mensagem, quarenta minutos depois, isso perto das dezesseis horas, Tewal se mandou para o aeroporto. Nas dependências, perambulou, ansioso, de um lado a outro. Por fim foi sentar-se na última fileira de cadeiras, onde uma moça repousava. Pensou em puxar conversa para que o tempo andasse depressa. No entanto, notou que a moça se mantinha de cabeça baixa, com o rosto fechado. Sinal de que não se encontrava bem.

— Vai viajar ou está esperando alguém de viagem?

— Por que quer saber? — questionou-o, mantendo-se na mesma postura.

— Perguntei só para conversar. Estou esperando minha ex. Estou ansioso. Vivíamos bem, até que um dia nos separamos. Ela deixou de mim, na verdade. Entrei num fosso de tristeza e solidão. Passei a beber demais, a me meter em confusão, e assim por diante.

— E por que ela o deixou? — perguntou, sem olhar para ele.

— Eu a traí. Cometi um pecado contra ela. Não tive alternativa. Mas não posso falar do porquê. Outras pessoas me fizeram ver que precisava organizar minha vida, para que tivesse a oportunidade de voltar a ser feliz, e principalmente voltar para ela. O que você acha? Acha que ela faria o certo em voltar para mim?

Tewal usou da estratégia de jogar no colo dela uma questão delicada. Tinha por objetivo provocar reação.

— Se está ansioso ao esperá-la, significa que ainda a ama. Tomara que tenha sorte.

— É. Estou precisando. Meu objetivo na vida é reconquistá-la. E você, qual o seu objetivo, no momento?

— Não tenho.

— Então, qual seu problema no momento, que a impede de ter um objetivo?

— Não vejo no que possa me ajudar. Meus problemas são de ordem pessoal.

— Desabafar é o início da solução de um problema. Já tentou isso? Se tenho um produto bom e não falo a ninguém que está à venda, quem vai comprá-lo?

— Estou com medo.

— Isso é comum quando se tem problema. Mas do que está com medo?

— De voltar para casa e ser expulsa por meus pais.

— E por que acha que seus pais fariam isso?

— Cometi um grave pecado. Conheci um rapaz de nome Sandro, com quem fui me envolvendo até me apaixonar. No entanto, acabei engravidando dele. Com medo de saberem de minha gravidez, fui escondendo-a com panos até um dia cair numa clínica. O bebê nasceu morto. Senti muito. Eu me sinto culpada. Antes achei normal, mas depois um sentimento ruim passou a me acompanhar. Estou mal.

— O que você fez passou e não tem como mudar. Foi um erro. Mas uma coisa tenho certeza sobre você...

Ela o fitou, apreensiva.

— ... Que não mais fará isso, não é?

— Mas não consigo esquecer!

— Terá que ter calma e paciência. Feridas demoram a sarar. E as que vêm da alma demoram mais.

— Mas meus pais, não sei se entenderão. Não consegui concluir meus estudos, pelos motivos que apresentei. Depois que voltei da licença, não mais consegui me concentrar nos estudos. A culpa, a preocupação de como encarar meus pais, tomou conta da minha mente. Perdi o ano. Por isso estou de volta mais cedo.

— E onde moram seus pais?

— Em Campinas, São Paulo.

— E o que faz aqui?

— Não tenho coragem de voltar para casa. Venho rolando por aí há um tempo. Agora estou indo para casa de um cara que conheci pela internet. Ele me parece uma pessoa boa. Ele me entende. Porém, ao chegar aqui, a dúvida passou a me atormentar.

— Se tem dúvida, não vá com ele. Não estou falando sobre minha vontade. Perceba que é você que está com dúvida. Se não tem certeza de ir com ele, é porque, no fundo, teme errar de novo. Se for, só aumentará seus problemas e machucará muito mais seus pais. Se encarar seus pais, será duro, doerá, mas seus problemas terão limite. Depois amenizarão. É melhor agir já contra os sentimentos que pesam no seu íntimo. A melhor ação é falar com seus pais. Podem xingá-la, brigar; mas logo verá que eles querem seu bem.

— Talvez seja isso que meu coração quer.

— Meu nome é Tewal. Posso saber qual o seu?

— Melli.

— Melli, o melhor que pode fazer, se tem medo de falar diretamente com seus pais a respeito do que me confessou, faça-os saber do que lhe aconteceu primeiro por telefone. Assim será mais fácil encará-los, não acha?

— É. Mas, mesmo assim, tenho medo.

— Podemos fazer o seguinte: arranjaremos um lugar para você passar esta noite e amanhã falará com eles. Minha ex e eu estaremos ao seu lado para apoiá-la, que tal?

— Pode ser.

— Vai gostar da minha ex, de nome Jaquel. Aliás, e infelizmente, ela passou por uma situação quase parecida com a sua: o bebê morreu logo após o nascimento. Era nosso filho.

— Lamento.

— Deixe-me perguntar: você veio de onde?

— Vim de Santo Amaro, Bahia.

Os sentidos de Tewal se sensibilizaram sobremaneira.

— Foi lá que aconteceu com você o que me falou?

— Sim.

— Jaquel teve o filho por lá.

— Em qual clínica? Você se lembra?

— Não me lembro no momento — respondeu Tewal.

— Clínica Hernane?

— Esse é o nome, parece-me, que Jaquel mencionou.

— É o nome do médico. Um deles.

— Agora fico em dúvida se era a clínica ou o médico que ela mencionou.

— De qualquer forma, é a mesma clínica em que eu estive.

— É. Lembra-se de mais alguém da clínica?

— Havia uma mulher muito achegada ao médico, que não sei o que fazia, de nome Céli.

— Céli?!

— É. Ouvi a secretária lhe dizer: "Tchau, Céli!" Parece que estava para viajar.

— E como era ela? — Tewal cismou. Preferiu não comentar com ela.

— Normal. Cabelos lisos, bonita e elegante. Usava roupa chique.

— E seu bebê foi enterrado em que cemitério?

— Municipal. Não tinha dinheiro.

— Oi! — disse um rapaz, de bermuda, tatuagem e fone de ouvido. — Sou Eduardo. A gente se conheceu na internet. — disse, ignorando a presença de Tewal.

— Desculpe, mas não vou com você.

— E por que não? Vai me fazer de palhaço!

— Respeite a vontade dela — advertiu-o Tewal.

— Não se meta, seu verme.

— Se você não sair daqui, chamo a polícia — ameaçou Tewal, erguendo-se para o pior.

— Fique aí, sua galinha — refutou-a, com olhar de desprezo, nojo, partindo logo em seguida.

— Gostei de ver você fazer uma boa escolha, Melli.

Tewal, ao falar, com os olhos pregados na pista, viu Jaquel descendo do avião.

— Lá vem ela. Venha, que vou apresentá-las.

*

Tarde da noite, Dalita recebe ligação de Wladimir.

— Oi! O que tem a me contar?

— O rapaz foi pressionado a falar sobre o acontecimento na fábrica de gelo.

— E aí?

— Você estava certa da suspeita. Quem contratou os caras foi ele mesmo, Tewal. Provavelmente Jaquel colaborou de uma forma ou outra.

— Sabia. Desgraçados! Mas como conseguiu essa informação? Do rapaz?

— Quando os agressores, ou melhor, bandidos, entraram no carro, tiveram que limpar a cara. O rapaz nos deu a descrição de um deles: Deodoro, o chefe da quadrilha.

— Torturaram-no?

— Não foi preciso. Ele é bandido. O que um bandido quer? Dinheiro. Não foi tão difícil!

— Sim, mas como fica o rapaz e o patrão dele? Não podem nos delatar?

— Fique tranquila. Os dois têm relação ilegal. Não vão querer se complicar.

— E quanto a Tewal? O que faremos?

— Pensarei em algo. Depois ficará sabendo.

— E o nosso capitão Marcos?

— Ele está seguindo nossas instruções. Já pediu licença. Está atuando como um maluquinho — riu.

— Se deixar a polícia, poderá trabalhar no teatro. — Gargalhou.

*

Depois de deixar Jaquel em casa acompanhada de Melli, Tewal foi abastecer. Com muita fome, deixou o posto à procura de um restaurante.

Avistou um em que paravam os caminhoneiros. O pensamento revisou o dia, mas em especial a tarde. Fora exitoso. Animado, cedeu conversa ao motorista de caminhão ao lado.

Tewal se demorara no restaurante. Enturmou-se com outros viajantes. Bastante satisfeito, tomou o rumo de casa.

Entocou o carro na garagem, e destravou a porta que dava para cozinha. Aspirou por duas vezes. Parecia-lhe haver um cheiro diferente no ar. Temeu. Ou era coisa da cabeça. Uma voz, a qual ignorou, o avisou para correr. Sacudiu a cabeça para afastar as fantasias. Ao acender a luz, o olhar correu pelos cantos. Tudo O.K. Seguiu. Se tivesse corrido, passaria vergonha caso alguém o visse. Livre do temor, relaxou.

Descontraído, tirou da geladeira uma garrafa de água e foi se acomodar no sofá. Ligou a TV. Livrou-se do tênis para ficar mais à vontade. Ao levar os braços para trás da cabeça, sentiu o cheiro desagradável vindo das axilas. Precisava de uma ducha. Imediatamente se introduziu no quarto. Quando a luz espantou a escuridão, Tewal sentiu o coração fisgar. Quase caiu.

— Olá, amigo! Não morra agora — ironizou a voz de um homem alto, de óculos e cabeça raspada.

— O que estão fazendo aqui?! — protestou, com raiva.

— Sabemos que gosta de festa e bebida. Então, viemos fazer uma festinha para você. Olhe aqui — ergueu uma garrafa de aguardente. — Não vai ter despesa.

Com rudeza, moveram-no para a sala, largando-o sobre o sofá.

— Tome! — ordenou o outro, magro de bigode estendendo o copo cheio.

Fizeram-no tomar um litro de aguardente. Enquanto Tewal era obrigado a se embebedar, um deles preparou lanche.

— Ele está entregue! — perguntou ao colega, o de cabeça raspada.

— Sim. Não tem como ficar de pé.

— Então está quase tudo pronto para uma fatalidade.

— Vamos abrir o gás. Está tudo bem fechado.

Antes de saírem, apagaram todas as luzes. Quem acionasse uma tecla, causaria uma explosão. No entanto, esperavam que Tewal viesse a morrer intoxicado pelo gás.

*

Um táxi para em frente da casa de Tewal. Um homem deixa o veículo e bate à porta. Não houve resposta. Repete a ação. O silêncio permanece. Leva o ouvido para mais perto da porta. Teve a impressão de que ouvira um ruído. Quando o faz, aspira levemente, por desconfiança. Agacha-se para levar o nariz próximo à fresta da porta. Erradicou a dúvida.

O que faria? Era estranho na comunidade. Se fizesse barulho, poderia atrair a atenção dos vizinhos. Tentou girar a maçaneta. A porta estava chaveada. Deu a volta na casa, à procura de uma janela aberta. Mesmo que houvesse, não adiantaria, estavam gradeadas. Pelo carro na garagem, alguém devia estar lá dentro. Havia urgência em agir. Viu luz na casa mais próxima. Correu.

Acionou a campainha, visto o portão estar trancado. A mulher atendeu. Quando viu se tratar de um desconhecido, chamou o marido. Assim que o homem de camisa aberta, barriga pronunciada, de chinelo e bermuda veio à porta, o desconhecido gritou que vazava gás da casa de Tewal. O vizinho se juntou a ele para ver o que estava acontecendo.

Não havia outra saída a não ser arrombar a porta. O vizinho voltou para casa para usar das ferramentas no carro. Com martelo e chave de fenda, conseguiram fazer estrago na porta, para em seguida movê-la. Cobriram o nariz e a boca, para abrirem as janelas e interromperem o vazamento. Tewal estava no chão perto do sofá. Retiraram-no da casa.

— Tewal! — chamou por ele, o vizinho, dando-lhe leves tapas no rosto. Houve resmungo.

— Ainda bem! — exclamou o visitante.

— Sorte dele e que estava no chão — comentou o vizinho. — E por agimos a tempo.

— O que foi que aconteceu? — resmungou Tewal.

Tewal continuou a ter dificuldades em se restabelecer. Foi conduzido à casa do vizinho, para ser restabelecido rapidamente.

— Quem é o senhor? — indagou Tewal, parcialmente recomposto, ao fitar o visitante.

— Sou o homem a quem ajudou a voltar para casa, lembra-se? Leander.

— Ah, sei. Lembro.

— Se ele não aparecesse — comentou o vizinho, dirigindo-se a Tewal —, poderia estar morto.

— É. Tive muita sorte. Um anjo o mandou, Leander. Nunca imaginei que um dia nos encontraríamos de novo. Sou grato pela sua presença. Mas, por curiosidade, o que o trouxe aqui e como me achou?

— Sou de palavra. Disse-lhe que voltaria para agradecer. Achá-lo não foi fácil. Errei a estrada por muitas vezes. Do contrário, teria chegado antes.

— Assim me salvou.

— Naquele dia que fui embora, um senhor, no ônibus, me fez descobrir que tinha talento para ser representante. Ele tinha razão. Estou me saindo muito bem. Muito em breve, trarei minha família para o Rio. Minha representação é aqui e em São Paulo. Estou feliz.

— E o pequeno?

— Está bem. Assim que viermos para cá, vai conhecê-lo de perto.

No andar da conversa, Tewal lembrou-se do vizinho que lhe falara sobre a ordem para a vida. Entendeu que, por ajudar Leander, um homem bom, que merecia auxílio, recebeu proteção. Houve sintonia para ambos se beneficiarem. Era sinal de que estava no caminho que precisava para reconquistar Jaquel.

*

Jaquel estava muito cansada e com dor de cabeça. Ingeriu um comprimido e foi para debaixo do chuveiro. Ainda estava na toalete quando um rapaz, vizinho da frente, bateu à porta. Fez o pedido para que Jaquel levasse a avó, com quem morava, ao hospital, já que estava com pressão muito alta. A avó tinha síndrome do pânico. Temia morrer. Situação já conhecida.

O pai informou Jaquel do pedido. A princípio, não queria prestar favor, mas a consciência lhe cobrou prestatividade. Mesmo a contragosto, foi atender ao pedido.

Na ausência de Jaquel, Melli foi entrando na curiosidade de Licemar, detalhando-lhe sobre o pesadelo por que passou nos últimos tempos. Se bem que enfrentava as consequências, no momento. Por sua vez, Licemar passou a devolver contando-lhe o que se passou com a filha. Tewal apenas pincelara o básico, no aeroporto. Não havia tempo para se estender, e o objetivo naquela ocasião era restabelecer Melli à normalidade.

— Qual clínica? — indagou-lhe, Melli, quando Licemar mencionou que a filha fora para uma clínica especializada.

— A clínica do Dr. Hernane em Santo Amaro.

— A mesma em que eu estive — manifestou, arregalando os olhos.

— Sério? Por que essa reação?

— A clínica não é confiável. Foi o Dr. Hernane quem cuidou dela?

— Foi. Mas por que diz que não é confiável?

Melli passou a lhe relatar que recorrera à clínica com o objetivo de esconder a identidade do filho por nascer. Doaria o bebê. Não queria que ninguém soubesse que gerara um filho. Mas, infelizmente, o pequeno não sobreviveu. Reconheceu que, mesmo lhe cabendo a culpa por sufocar o pequeno ser no ventre, se fosse séria, a clínica não a ajudaria com falsificações.

— Aí tem coisa — expressou Licemar, correndo com o pensamento. Cismando, comentou: — Será que não fizeram nada de errado com Jaquel?

O mesmo pressentimento povoou a mente de Melli, o que forçou a lembrança da insistência de Sandro para que ela fosse buscar serviço naquela clínica. Teria ele feito a indicação para se ver livre da criança? Puxou fôlego, só de pensar na possibilidade.

— E o que fizerem com seu falecido bebê?

— Eles tomaram as providências para que fosse enterrado. Eu não tinha cabeça para isso, e nem dinheiro. Assim somente eles e eu saberíamos sobre o caso e onde o pequeno estaria enterrado.

— E qual é o nome do seu filho? Se é que pode me dizer?

— Jatel!

— O quê?! — manifestou, incrédulo. — É o mesmo nome do meu falecido neto. Tem algo de errado. — Como escolheu esse nome?

— Não foi minha escolha. Foi o doutor quem o sugeriu e eu aceitei.

— Agora tenho certeza de que tem algo de muito errado naquela clínica. Tenho de encarar esse doutor.

— Acho que será um erro. Ele tem poder. Melhor é apoiar sua filha e Tewal. Assim serão fortes. E podem contar comigo.

— Tewal não. Ele traiu minha filha.

— Tem alguma coisa de errado por trás dessa traição. O senhor sabe dos detalhes? Já ouviu da boca de Tewal o que ele tem a dizer?

— Virá com desculpas.

— Uma coisa é certa, pelo que percebi: eles se gostam. Nada do que está acontecendo e aconteceu foi por vontade própria. Pessoas ou circunstâncias nos levam a cometer erros e pecados. Aconteceu comigo. O senhor entendeu minha situação, meus erros e está sendo muito legal comigo. Por que não dar uma chance a Tewal de se explicar? Eles se gostam.

— Você é esperta…

— Aliás, por que o senhor não arranja uma namorada?

— Não, não quero — disse, sem jeito, querendo fugir do assunto.

— Se quiser, vou apoiá-lo.

— Vou para o quarto.

Ela sentiu que haveria a possibilidade. Riu, ao vê-lo fugir, embaraçado.

CAPÍTULO 14

Havia uma suspeita martelando na cabeça de Tewal sobre Céli. Para demovê-la, viu-se impulsionado a tirar a limpo questões que lhe perturbavam a cabeça. Madrugou para tomar o avião das quatro e quinze. Chegaria cedo e voltaria no mesmo dia. Tewal nunca visitou a família dela. Ficou na promessa, mas não saiu disso. Graças ao registro de quando a empregou, tinha o endereço da família.

Dentro de um carro de aplicativo, já em Governador Valadares, ficou torcendo para que encontrasse alguém em casa; ou que não tivessem se mudado. A ansiedade o agitava. Ao parar diante do endereço procurado, analisou com atenção a casa de estilo antigo, mas bem conservada. Uma moça bem magra, mas simpaticíssima, que o observou, veio ao seu encontro.

— Procurando por quem?

— É aqui que mora Céli?

— Aqui mora a família dela — falou, receosa, por não saber do que se tratava. — Quem é o senhor?

— Desculpe não me apresentar: sou o ex-patrão dela, Tewal.

— Ah! Entre, por favor — disse cortesmente. — Sou Licia, a irmã dela.

— Prazer. E por que não nos visitou?

— Minha irmã não queria. Ela é meio estranha.

— Você a conhece melhor do que eu. Se diz... E ela se encontra?

— Não. Saiu de casa há uns três dias. Disse que ia morar com o namorado.

— Ué! Ela disse que você moraria com o namorado e por isso deixaria o emprego para cuidar da mãe.

— É o contrário.

— Quem é ele? Sabe?

— É um médico — falou ao conduzir Tewal até o varandão, para que se acomodassem em cadeira de área externa. — Ele se chama Hernane, se é que não estou enganada.

Tewal franziu a testa, perplexo, sem conseguir encontrar a lógica.

— O que o incomoda? — observou ela, atenta à reação de Tewal.

— É o nome do médico que cuidou de minha esposa quando gestante.

— E qual o problema?

— Não sei ainda. E onde mora esse médico?

— Na Bahia. Tem uma clínica por lá. Em qual cidade não lembro.

— Faz tempo que estão namorando?

— Sim.

— Que estranho ela não ter me contado nada. Por que manteve segredo para mim? Parece que tem razão ao dizer que ela é estranha.

— Sabemos do comportamento esquisito de minha irmã. Por isso não quero que ela cuide de minha mãe. Abusa. Quando pode, não tem dó em sugar dinheiro da mamãe. Dá-me raiva. Minha mãe já ganha pouco.

— E onde está sua mãe?

— Ela foi cedo para a unidade de saúde. É de rotina.

— Há dois anos, mais ou menos, sua irmã bateu lá em casa, dizendo que precisava muito do emprego, pois necessitava ajudar os pais, e outras coisas mais. Aí a contratamos. Minha esposa não queria. Mas acabou sendo melhor para Jaquel, pois trabalhava numa agência de publicidade. Quanto ao trabalho de Céli, não há o que reclamar.

— Ela gasta demais. Ainda bem que tem um doutor que a ajuda a bancar as despesas, principalmente, de viagens.

— E o doutor já esteve por aqui?

— Não... Não sei, por quê? Ela diz que ele é muito ocupado.

— E o que sua irmã fazia antes de trabalhar comigo?

— Trabalhava de diarista. Um dia, inesperadamente, veio dizer que estava para ir ao Rio de Janeiro buscar uma vida melhor. Foi convencida por uma amiga.

— Amiga?! Geralmente é assim.

— Ela se chamava Leusa. Era metida com drogas; envolvia-se com brigas. Tinha má fama. Chegou a ser presa por tráfico. Depois de um tempo, a irmã dela pagara fiança para que fosse liberada. Foi então que partiu para o Rio de Janeiro.

— E os pais dessa Leusa?

— Falava-se que não eram boa coisa. O pai faleceu de derrame ou do coração. Não tenho certeza. A mãe logo arranjou outro e se mandaram. Deixaram Leusa na rua. Uma família lhe deu acolhida. Só que essa nova família era de baixo nível. Faziam muita festa, onde corria muita bebida e droga. Aí se sabe como é. Foi quando Leusa desandou de vez e acabou sendo presa. Passado um tempo, retornou do Rio para levar Céli.

Entretanto, o que a irmã de Céli não sabia, e nem poderia imaginar, era o fato de que Leusa recebera uma proposta de ganhar muito dinheiro, o que a seduziu fortemente. Inicialmente recebeu o necessário para cobrir as necessidades. À Leusa foi designada a função de conseguir emprego na agência de publicidade onde trabalhava Jaquel. Tinha as ferramentas necessárias para atuar. Outro dever era o de introduzir Céli na casa de Tewal. Posições estratégicas para saberem tudo do casal.

Porém, antes de partirem para o Rio de Janeiro, Leusa reservou um apartamento, num prédio de três andares, na cidade de Linhares, Espírito Santo. Ficariam ali pelo tempo necessário até que todo o planejamento ficasse perfeito. Havia uma peça importante a ser cooptada. Mas não a encontravam. Matutavam dia e noite, quando a pessoa de que precisavam, surgiu.

Na madrugada de uma sexta-feira, insone, Leusa vai até a sacada. Puxou um cigarro. Por minutos ficou trabalhando mentalmente, quando um carro deixou uma moça do outro lado da avenida. Um pouco à direita, um veículo em alta velocidade ziguezagueava. A moça recuou para evitá-lo, mas o motorista virou para sua direção. A moça não conseguiu escapar a tempo.

Leusa entrou em choque com a cena, deixando o cigarro cair. Saindo da letargia, jogou um vestido por sobre o corpo e desceu para ver o que podia fazer. O motorista se encontrava machucado e sem condições para seguir. A moça aparentava estar sem vida. Um carro parou para socorrer. Leusa se colocou à disposição para ampará-la até o hospital. Ao dar entrada no hospital, constatou-se que a moça, infelizmente, fora vencida pela morte.

No dia seguinte, Leusa procurou pelo motorista, que havia sido identificado, por meio dos jornais, como sendo o juiz Wladimir. Leusa se apresentou como única testemunha do ocorrido na noite anterior. O juiz lhe pediu o que queria em troca do silêncio. O que Leusa não sabia era que Wladimir já tinha se envolvido em outras situações embaraçosas, como brigas e por dirigir embriagado. Se fosse culpado neste último caso, seria o fim de sua carreira como juiz.

Audaciosamente, Leusa lhe fez a proposta para se juntar a ela num plano que seria bom para os envolvidos. O juiz aceitou não só porque estava encurralado, mas também por se encantar com Leusa. Precisava de uma mulher audaz para sua vida. A anterior o largara por ele ser muito temperamental.

Depois de se acertarem, no dia seguinte, Leusa lhe expôs que, quando pediu para levar a vítima, após o acidente, sentou-se no banco de trás, justamente para se apossar dos documentos da vítima. De posse deles, com a ajuda de Wladimir, fizeram os devidos ajustes e adaptações para que Leusa assumisse a identidade de Dalita.

Foi por meio de Wladimir que Dalita veio a conhecer a clínica do Dr. Hernane. Ele e a esposa recorreram à clínica quando esta, na época, queria abortar. A esposa cursava faculdade, e não queria interrompê-la. Dois anos antes, dera à luz uma menina.

Dias depois, Wladimir levou Leusa, ou a então Dalita, e sua colega a Santo Amaro para que conhecessem o Dr. Hernane. Não tendo ética profissional, o Dr. Hernane, já muito envolvido em práticas clandestinas, aceitou de pronto mais uma fonte de recursos. Ainda mais ao se ver diante da encantadora Céli. Acabaram se envolvendo.

— E como era a aparência de Leusa?

— Nunca mais a vi. Não posso descrevê-la. Vagamente, recordo-me de que era magra, de tanto viver por aí. Estatura acho que normal. Cabelo curto, loira. Hoje deve estar diferente.

— Não tem foto?

— Não.

— Será que na delegacia não há?

— Vai ser difícil. O que vai alegar?

— É. Tem razão.

*

Ao sair de uma entrevista de emprego, Jaquel olhou para o celular e nada de Tewal lhe dar qualquer notícia. Ele a notificara de que, por suspeitas sobre Céli, daria uma checada. O pai e Melli não se encontravam em casa. O que faria em casa sozinha? Decidiu almoçar fora. Optou por fazer uma refeição no shopping.

Ao término do almoço, foi circular diante das vitrines. Gastara minutos no perambular, quando ouviu uma voz a lhe chamar. Ao se virar para a fonte do som, identificou a menina Miqueli correndo em sua direção. Jaquel se abaixou, para ficar na altura dela. Grudaram-se em um forte abraço.

— Jaquel! Jaquel! — disse, resfolegando.

— O que foi, querida? Calma! Respire.

— Aquela é minha amiga de escola — falou, orgulhosa, apontando para uma menina num vestido tule, verde, de cabelos amarrados.

— Ah, é!? E como se chama sua amiga?

— Ela se chama Joana.

— Aquela é a mãe dela? — certificou-se Jaquel, referindo-se a uma mulher de blazer que lhe parecia azul, calça e blusa brancas.

— Sim. Ela não tem marido.

— Não?!

— É. Sabia que o pai dela é juiz?

— Não, não sabia. Juiz de quê?!

— Não é aquele que apita futebol. É aquele que bate com martelo.

— Entendi. E qual é o nome do pai dela ou juiz?

— Não lembro —. Voltou-se à amiga para lhe indagar: — Qual o nome do seu pai?

— Wladimir — respondeu a menina, com ênfase.

"É esse o nome que a senhora de Linhares quis me dizer", murmurou Jaquel, mentalmente.

— Oi! — disse a mãe da menina ao se aproximar delas.

— Ah! Oi! Estava distraída — disse, sem jeito, ao se pôr de pé.

Jaquel queria descobrir o sobrenome da menina apresentada, mas não deu tempo. Joana e a mãe foram incentivadas por Wladimir a morarem no Rio, pois assim seria mais fácil ver a filha, que estava sob a guarda da mãe.

— As crianças nos distraem mesmo — comentou a mãe de Joana.

— O bom é que se trata de uma boa distração — falou, esboçando sorriso. A outra a acompanhou. — Agora preciso ir. Abaixou-se para se despedir. — Amei ver você de novo.

— Gostou da minha amiga?

— É claro que sim. Ela é parecida com uma carioquinha que eu conheço — falou astutamente.

— Mas ela não é carioca. É mineira.

— Ah, é mineira! — falou, ao dar um abraço em Joana. — Então você gosta de queijo? Acertei?

— Sim. Gosto de queijo.

*

Ao retornar ao lar, Jaquel põe o pensamento em ação por tomar conhecimento do paradeiro do juiz Wladimir. Sentiu-se brindada pela sorte em saber que o maldito juiz se encontrava no Rio de Janeiro. Quem diria estar tão perto! Precisava conhecê-lo. Mas não face a face, e sim indiretamente. Ao ganhar as dependências da casa, lançou as chaves em cima da mesa, colocando-se em frente ao notebook. Na pesquisa, nada conseguia encontrar. O telefone toca. Afobadamente o leva ao ouvido.

Resumidamente, Tewal lhe passou o que conseguira descobrir. Jaquel contribuiu repassando o que acabara de saber.

— Pelo que posso ver, estamos cercados de pessoas não confiáveis — desabafou ela, agitada. — Tudo tem a ver com você. Não sei exatamente o que está envolvido, mas percebo isso.

— Não sei — disse, ainda incerto. — Mas o que teria a ver comigo? Não sou especial ou famoso.

— Tem uma boa herança.

— Mas não tenho mais ninguém da família que poderia brigar por ela. E, mesmo que tivesse, dividiria legalmente. Não haveria problemas quanto a isso.

— E fora do círculo familiar? Seu pai não só tinha amigos. Quem sabe, tenha alguém supostamente amigo e com um plano que desconhecemos. Conhece bem todas as lideranças na empresa? Lembra-se de que Dalita e Céli, pelo que sabemos até o momento, não são as pessoas que achávamos ser.

— Até certo ponto, tem razão. Mas onde entra nisso a morte de Dr. Dijálson?

— Não sei, não sabemos. Mas deve ter alguma ligação ou vantagem.

— Quando deu à luz, viu o bebê de perto?

— Vi, mas logo foi afastado pois nascera prematuro. Precisava ser levado à incubadora com urgência. Depois fiquei sabendo que ele não resistiu. Mas o que está pensando?

— Não estou dizendo nada, apenas suspeitando. Será que o doutor sabia ou soube de algo a respeito de nosso filho e a clínica?

— Mas foi o Dr. Dijálson que a recomendou. E, o pior de tudo, fui eu quem pediu para ter nosso filho longe daqui. Se bem que o doutor naquele dia não estava normal, como de sempre. Pareceu mais estressado. Mas o que poderia saber ele?

— O único que poderia ser beneficiado com a herança seria nosso filho. Talvez por isso tentaram me eliminar. Com a morte de nosso filho, e você separada de mim, teriam que me eliminar. Quanto a você, visto que antes do casamento optamos pelo regime de separação de bens não é obstáculo. Irmãos não tenho.

— Não adianta conjecturar. Você tem que se cuidar. Não saia por aí à noite. Se me der na telha, amanhã visitarei a clínica, em Santo Amaro.

— Irei junto.

— Não. Você não pode ir de encontro ao perigo. Levarei comigo meu pai. Não se preocupe. E não insista.

— Tudo bem — falou a contragosto. — Seu pai vai topar?

— Vai. Assim que ele chegar, pedirei para me acompanhar. Mandou mensagem que voltará mais tarde. Está na casa de amigos. Ainda bem que tenho a companhia de Melli. Amanhã ela poderá cuidar da casa. Ao voltarmos a levaremos a rodoviária. Decidiu encarar a situação com os pais. Quando retornar da Bahia, conversaremos.

— Se precisar, conte comigo — falou, torcendo para que o pai dela não fosse.

— Pode deixar. Vou desligar — avisou, reprimindo a mensagem do coração.

Tewal esperou por uma deixa, para então lhe dizer algo de especial. Sem sinal, ficou só no pensamento o que estava para articular.

*

A noite fora um tormento para a cabeça de Jaquel. As insinuações feitas por Tewal sobre a clínica e a incógnita quanto à morte do bebê circulavam no pensamento, aflorando construções mentais. Até sonhara estar com um bebê, no colo. Estava de olhos fechados, tão sensível e tão amável. Uma vontade avassaladora ventou pelo peito. Não mais dormiu.

Às quatro e pouco da madrugada, Jaquel bate à porta do quarto do pai.

— Pai, decidi ir para Santo Amaro — disse-lhe pela greta da porta, assim que ele se manifestou.

— Vou com você, mesmo que esteja cansado — respondeu ele, chegando à porta. Assim não vai convidar Tewal.

— Melli está preparando o café para nós. Mas seja rápido.

— Eu?! — ironizou, visto ser ela quem mais demorava em se arrumar.

*

Chegando a Santo Amaro, foram diretamente à clínica. Foi um baque. Havia o manifesto de que haviam encerrado as atividades em Santo Amaro. Nada mais. E agora? Sem ação, foram tomar café, pensando no que fariam.

— E agora? — expressou ela, decepcionada.

— Agora não podemos fazer nada. Acho que deve esquecer tudo e tocar a vida. Do contrário, vai se frustrando. Aqui não temos poder, e ninguém nos ouvirá.

— Mas não pode ficar assim.

Dali seguiram para o cemitério. Jaquel precisava visitar a sepultura do filho.

Tewal, teimosamente, contrariando Jaquel, partiu cedo para Santo Amaro. Em sua cabeça, havia muitas questões em aberto. Nem todas expusera a Jaquel. Precisava pessoalmente se certificar, para não alimentar ilusões.

Fez o mesmo que Jaquel: foi à clínica. Ao ler o diminuto anúncio, teve a confirmação, embora mental, de que havia ilegalidade e crime por trás das ações dos envolvidos. Seu filho, quem sabe fora vítima desses criminosos. Inflou-se de coragem para clarear as dúvidas e confirmar o que lhe vinha à imaginação.

Foi ao cemitério.

Chegando lá, a velha senhora estava no túmulo ao lado, de joelhos, rezando. Nada lhe disse, para não atrapalhar a reza. Silenciosamente se postou diante do túmulo do filho.

— Bom dia! — disse-lhe a senhora ao terminar de orar. — Assim que ele lhe devolveu o cumprimento, a senhora prosseguiu: — Esteve aqui um casal há pouco.

— Quem eram?

— Não pude lhe perguntar. A mulher passou mal e o senhor que a acompanhava a conduziu para lá. — Apontou o caminho de um corredor. --- Quem sabe eles voltem.

— Pode ser. Como eram?

Ela fez resumida descrição.

— Deve ser minha ex e o pai.

— Não me leve a mal no que vou dizer: parece-me que tem algo de errado envolvendo essa pobre criança. Só não sei dizer o porquê penso assim.

— Tudo bem. Acho que a senhora tem razão. Também penso assim. Vou esperar um pouco, caso eles voltem. Com licença.

Tewal estava certo de que se tratava de Jaquel acompanhada do pai. Retirou-se para um banco na direção oposta ao caminho apontado pela senhora.

Correram minutos, quando Tewal observou um rapaz se colocar diante do túmulo de Jatel. Num misto de indignação com intromissão, foi averiguar.

— O que faz aqui na lápide do meu filho?

— Acho que está enganado. Aqui, nesse túmulo, está meu filho.

— O que está querendo dizer? — indagou Tewal, confuso e nervoso.

— Meu filho, que tive com Melli, está aqui?

— Você é o canalha do Sandro?! — falou, mirando-o com raiva.

— Sou. Pressionei Melli a me contar onde foi enterrado nosso filho, senão a denunciaria aos pais. É ele que está enterrado aqui!

— O nome que está na lápide é do meu filho.

— O nome que está na lápide foi o sugerido pelo Dr. Hernane a Melli. Quem sabe o seu está em outro lugar.

Tewal se sentiu ainda mais embaralhado mentalmente. Emocionalmente, estava fervendo de indignação.

— Não pode ser! — gritou. — Você também deve estar por trás disso tudo. Foi você que induziu Melli a ir àquela clínica do Dr. Hernane.

— Isso é verdade. Mas eu também fui enrolado para convencer Melli a ir à clínica. Naquele momento fui seduzido por uma mulher de mais idade. Confessei-lhe que tinha uma paquera com uma moça, a qual engravidou contra nossa vontade, ou minha em especial. Ela me garantiu que daria uma solução ao problema. No meio do prazer, carinho, acabei aceitando.

O que ele não sabia é que mataram o filho dele para simular a morte do filho de Tewal e Jaquel. A cesárea em Jaquel teve por objetivo antecipar a vinda do filho, para que acontecesse no mesmo espaço de tempo do aborto do filho de Melli.

— Participou da maldade de matar um ser.

— Infelizmente, sim.

— Quem é a mulher que o seduziu?

— Céli. Mas não sei onde anda. Sumiu.

— Céli! — pronunciou atônito. — Sumiu porque é bandida. — Tewal cismou com a retração dele: — Por que se arrependeu (se é que posso perguntar isso)?

— Não sei se é só arrependimento. Não tenho futuro. Não tenho em quem me apegar. Se tivesse continuado com Melli, poderíamos estar juntos e com nosso filho. Mas isso não é mais possível. Minha vida se tornou uma bosta. Não tenho por que viver. Os prazeres acabaram matando minha vontade de viver.

— O que está dizendo?

— Tornei-me juiz de mim mesmo. Ajudei a matar um ser indefeso. Para me condenar, recorri a automutilação fazendo uma queimadura.

— Fez isso?! — espantou-se Tewal, assustado.

— Sim. Queria me livrar da culpa fazendo sacrifício. No entanto, não deu resultado. Minha culpa está na minha mente e de lá não consigo expulsá-la. A não ser que apague minha memória.

— Precisa buscar ajuda. Há solução. Tem muitos meios para lidar com seu problema. Também sofri muito por ter traído minha esposa. A mente me torturou.

— Mas comigo é pior. Não tem terapia que ajude. Está na mente.

Sandro se inclinou para levar a mão até a meia da perna esquerda. Sacou de lá um revólver e apontou para Tewal, o qual deu um passo para trás, pensando ser seu último instante de vida.

— Que isso?! Não, não resolva com uma arma.

— Afaste-se ou eu atiro — ordenou, muito calmamente. — Eu sou meu juiz. Não se meta. Hoje vim dar um adeus ao meu filho. Tenho que me igualar a ele na morte para me redimir.

— Matar pela segunda vez? — criticou, questionando-o. O arrependimento se mostra em vida.

— Não. Rapidamente, levou a arma para a cabeça e disparou.

*

Na delegacia da cidade, Jaquel faz denúncia contra a clínica e o tal Dr. Hernane. A delegada Zeli já ouvira boatos sobre a clínica, mas ninguém havia apresentado queixa, até então. Logo mais, com o atentado no cemitério, teria mais elementos para concentrar a investigação. Tewal reforça a denúncia, ao ser encaminhado para lá. Mas ele não esbarrou em Jaquel.

Depois do retorno ao Rio de Janeiro, Tewal liga para Jaquel, relatando os fatos do dia, o que a tomou de surpresa.

CAPÍTULO 15

Cansada do dia corrido, na entrada da noite, Jaquel acabou adormecendo no sofá. O pai, para não a incomodar, deixou um bilhete sobre a almofada, avisando-a de que fora ao bar para refazer-se da viagem. Meia hora depois, Jaquel desperta. Algum ruído, sem precisar o que, a despertou do sono. Pôs os ouvidos em alerta. Agora sim: a porta recebia batidas. Levantou-se apressadamente. Nem viu o bilhete deixado pelo pai.

Ao atender, foi tomada de assalto por dois homens, que a empurraram para o interior da casa com brusquidão.

— Não grite — avisou o mais forte, de óculos e de barba espessa. — Não queremos matá-la aqui. Cadê o celular?

— No sofá.

O outro, de porte médio, foi apanhá-lo.

Forçaram-na a se mover com rapidez até o carro. No volante havia um homem baixo de bigode. Saíram normalmente.

Cerca de quarenta minutos, chegaram a um casarão, nas proximidades de uma praia pouco movimentada. A estrutura ficava numa elevação cercada de árvores. Enfiaram-na num quarto, sem nada dizerem. A porta foi chaveada. Jaquel girou com o olhar no entorno, reparando as janelas, duas, gradeadas. Uma cama de solteiro num canto da parede indicava que não morreria naquele dia.

Sentada na cama, ouvia passos lá fora. Ansiosa, temia o que estava por vir. A porta emitiu ruído ao ser destrancada. Um dos homens a abriu.

— Oi! — disse a mulher, exibindo elegância.

— Você, Dalita?! Sua falsa.

— Para ver como você é ingênua. Se bem que agora sabe muito sobre mim e meus amigos. Sei que andou fuçando por aí. Mas não pense que sou boba. Você acha que me enganou fingindo normalidade nos últimos dias. Foi ao meu apartamento para saber da minha relação com o capitão Marcos. Mentiu quando alegou que seu pai fora a um aniversário. Não sou tola como você, que foi enganada facilmente.

— Fui enganada até certo ponto. Mas é bem diferente de ser traidora, o que é típico da escória da sociedade.

— Não se atreva a agir na mesma altura, pois não sou mais sua colega de trabalho — ameaçou, cerrando os olhos de raiva. — Estou em vantagem. Posso torturá-la como bem entender. Você é minha presa. — Riu.

— Isso não me surpreende, depois de tudo que fez. Vá lá, diga o que quer de mim.

— Tenho um *trato* a fazer com você (embora não seja bem isso, é só uma expressão suave que uso para sua situação incondicional).

— Não faço trato com traidores, mesmo que tenha que morrer.

— Não seja ridícula! Conheço-a. Sabendo do seu heroísmo patético, tenho na manga seu ponto fraco. Antes de expô-lo, farei minha exigência. Seu papel será o de convencer Tewal a vir aqui. Sei que ligará. Por isso trouxemos seu celular. O endereço está no bilhete, que é este aqui. — Entregou-o.

— Não sei se conseguirei convencê-lo. Como virá a um lugar estranho?

— E eu com isso!? Só quero o resultado. O meio é problema seu. Ora, ele desejaria ficar num quarto com você para relembrar os bons tempos, não é?

— E o que fará com ele?

— No momento não vem ao caso. O trato tem a ver com o seu ponto mais fraco, mais sensível.

— E qual é? — indagou, receosa quanto ao que seria.

— Vou relembrar situações. O Dr. Dijálson foi obrigado a indicá-la ao Dr. Hernane, pois sabíamos que ele amava a netinha. Depois tivemos que dar cabo dele para não atrapalhar nosso plano. Mas salvou a neta. O Dr. Hernane se encarregou de antecipar o nascimento do seu filho e eliminar o bebê da Melli. Você captou?

— Meu filho ficou no lugar do outro?! Um foi assassinado e o outro está… vivo?! Não acredito! Onde está meu filho? Quero meu filho!

— Você poderá vê-lo. Mas terá que fazer o que quero. Se não, não custa eliminar mais um bebezinho.

— Maldita! Tudo bem, vou tentar.

— Viu como a conheço?!

— Mas tem um lado que não conhece. Vai pagar por isso.

— Não se esqueça de que é minha presa. Trate de fazer o que ordenei. Pense no filho que tanto lutou e sonhou para ter. — Deu-lhe as costas e saiu.

Jaquel não se conteve. A alegria de saber que o filho estava vivo deixou escapar lágrimas de alegria. Sorriu em meio a revolta e tristeza.

*

Largada sobre a cama, Jaquel chorava copiosamente, por saber que tinha um filho, mas que ainda não chegara a conhecê-lo. A imaginação a fazia ver o filho no colo, com olhar brilhante, focados nela; aquela mãozinha diminuta, segurando um dos dedos; o cheirinho gostoso da criatura que pôs no mundo. Como queria ouvir aquele anjinho, mesmo que aos berros, chorando; conhecê-lo, pelo menos; tê-lo no colo; exibir--se com ele; ser apenas uma mãe como muitas outras. Tanto lutou em tratamento e espera angustiante para agora sofrer ainda mais, sabendo da existência dele, sem tê-lo nos braços.

Passos lá fora, em direção à porta, indicavam a entrada de Dalita.

— Mudei de ideia — disse-lhe Dalita, estendendo o celular a Jaquel. — Ele ligou. Mas o melhor é você ligar para ele. Assim imporá sua vontade. Faça isso agora.

Jaquel ligou, convencendo Tewal a encontrá-la, sob a alegação de que descobrira que o filho estava vivo, porém não sabia do paradeiro, o que deixou Tewal perplexo e eufórico, ao mesmo tempo parcialmente preocupado. Falou que só voltaria quando soubesse onde estaria o filho. Estava no encalço dele. De pronto, Tewal se prontificou a encontrá-la, mas estranhou a falta de coesão da parte dela — o *código* o fez atinar do porquê.

Há mais de um ano, assistiam a um filme em que a moça estava sendo usada com isca para atrair o namorado. Jaquel se irritou com a cena O namorado caíra facilmente na armadilha. "E se isso acontecesse conosco, que código usaríamos?", indagou. Depois de pensarem, ficou determinado que usariam a primeiras sílabas dos nomes. Jaquel lhe disse antes de desligar: "Certo, Te?" E ele, entendendo, retribuiu: "O.K., Ja".

*

Ao chegar ao local, Tewal foi recepcionado pela mira de dois agentes armados, aos quais o conduziram ao quarto de Jaquel. Diante da situação, não houve como resistir a um abraço efusivo. Valia a pena.

— Epa, epa! — advertiu Dalita, entrando em seguida. — Nada de agarramento. Nada de lua de mel. Que bom ver o casal de pombos na "gaiola". — Riu.

— Não demorará muito para você ter a sua, e por muito tempo — retrucou, Tewal.

— Você teve sorte — escarneceu Dalita — Escapou algumas vezes. Mas desta vez não. Parece que antes de morrer teria que conversar com vocês. Você, Jaquel, terá a mesma sorte, por cruzar nosso caminho. Mas não se preocupem: se os separamos em vida, nós os uniremos na morte.

— Você não é Dalita. É Leusa. Fiquei sabendo que já esteve numa gaiola da polícia — zombou, forçando leve sorriso.

— E você caiu como pato quando foi seduzido por Joellen, não é? Foi gostoso? É claro, né?! Jerônimo tirou as fotos de sua fonte de prazer, e entregou-as a Jaquel, que, desleixada como é, caíram nas mãos da mãe dela. Você ajudou a matá-la — falou, ao se direcionar a Jaquel. — E também favoreceu a separação. Nosso plano só deu certo porque são dois tolos.

Jaquel olhou para Tewal como que dizendo que lamentava não ter acreditado nele. Ele entendeu, devolvendo um olhar de compreensão.

— Darei tudo o que tenho para nos deixar em liberdade — propôs Tewal.

— Infelizmente não tenho por que negociar a partir de agora. Podemos obter tudo que tem sem sua autorização. Tenho a pessoa certa para lidar com esse assunto: o juiz Wladimir.

— Aquele criminoso e corrupto? — expressou Jaquel, com acidez. — Só poderia ser.

— É só dinheiro que querem, ou tem algo mais? — cismou em perguntar, Tewal.

— Tem. Terá o prazer de saber. — Fez sinal a um dos homens, o qual saiu.

O silêncio se estabeleceu, diante da expectativa do que seria apresentado. Passos altaneiros abriam caminho até o quarto. Uma linda mulher, de saia curta, blusa preta e botas expondo lindas pernas deixou Tewal estático.

— Lembra-se de mim? — falou, ao focá-lo, com leve prazer nos lábios.

— Você é aquela mulher que me convenceu de que estava com câncer? Joellen?!

— Sim, sou eu mesma. O que acha? Não estou linda e mais atraente? Ah, sim... Não vai poder dizer nada por causa de Jaquel.

— Então foi tudo uma armação. Brincando, jogando com algo sério.

— Às vezes é preciso. Sou também a mulher que enganou e levou seu pai à morte. Não precisei usar de arma. Uma cobra bastou.

— Só não a picou por ser da mesma espécie — provocou Jaquel, com indignação.

— Cuidado, pois posso mandar trazer uma cobra para morder sua língua.

— Você vai pagar, sua cobra! — maldisse Tewal, controlando-se para não agir.

— Não fale assim da mãe do seu filho.

— O quê? — expressou, com espanto.

— O resultado daquela noite de amor foi um lindo garoto. Você é pai dele. Com ele posso pôr a mão na sua fortuna quando morrer. O juiz vai facilitar a passagem da herança. Quanto a seu filho com Jaquel, cuidaremos dele, mas no anonimato. Ele é uma garantia a mais de nossa fortuna.

— E onde está meu filho? — Jaquel pediu, quase que implorando.

— Está em lugar seguro e bem. Até há um tempo estava com um tal de Leander. Mas, como entrou em contato com Tewal, recentemente, tivemos que raptar o bebê.

— Leander! — expressou Tewal, lembrando que ajudara a família que cuidara de seu filho.

— Temos controle de tudo.

— E por que escolheu a mim? — indagou Tewal, lamentando a má sorte. — Quem é você, afinal?

— Olhe para as minhas pernas. Lembra-se dos tempos de escola? Pois bem: eu sou aquela que apelidou de "As pernas da mentira". Meu nome era Leciani. Recorda-se do que fez?

Tewal voltou seu pensamento aos tempos de escola. Leciani era uma moça desleixada, porém apresentava-se como sendo filha de fazendeiros da cidade vizinha. Quando indagada sobre por que se vestia e andava daquele jeito, alegava que era para afastar garotos que se aproximariam dela por interesse. Se a amassem, eles a aceitariam daquele jeito. Somente depois se revelaria rica.

No entanto, com o passar dos dias, descobriram que ela era pobre. Começara a zombaria. Passou a ser vista como mentirosa. O fato se espalhou na instituição. Sua chegada à escola ganhou ares de chacota e gozação.

— Lá vem a mentira.

— Lá vai a mentira.

Entre os que zoavam dela, estava Tewal. Ela gostava dele, mas não recebeu a devida atenção. Tewal arriscou dizer, ironicamente, que não se envolveria com "a mentira".

Dias se passaram, quando ingressou na escola um francês. Nos corredores da escola, ele deu de frente com ela. Foi o suficiente para ver nela a mulher que desejava. Mas se conteve em se manifestar. Leciani, por sua vez, o viu como seu príncipe. Os olhos brilharam de encantamento. Desta vez, não queria perdê-lo, de jeito nenhum. Era tudo ou nada. Para saber como fisgar seu pretendente, recorreu aos conselhos de sua única amiga fiel, Naíra.

Na semana seguinte, na segunda, os alunos que estavam em burburinho, nos grupos, silenciaram-se com a entrada de Leciani na escola. A onda de silêncio foi andando conforme seus passos. Depois de ficarem boquiabertos com a passagem dela, ficavam a sussurrar sobre sua transformação.

— Olhe só as pernas dela — comentavam.

As pernas, que nunca exibira, estavam à mostra com a saia curta, que se completava com blusa curta, branca, e cabelo castanho, mechas loiras. A maquiagem e o perfume aperfeiçoaram Leciani.

Ao desfilar no corredor, onde se encontravam Tewal e amigos, o impacto foi maior.

— Olhe que pernas! — expressou um deles.

— As pernas da mentira são lindas — disse Tewal, encantado.

— "As pernas da mentira" — repetiu outro. — Gostei. Perfeito.

Foi a partir de então que ficou conhecida como "As pernas da mentira".

Ao passar por Tewal, nem sequer olhou para ele. Garbosamente, desfilou com os olhos fitos no francês pouco adiante. Tewal sentiu um vazio, uma espécie de perda, incomodá-lo. A estocada de ciúme o alertou. Ela era qual uma pedra preciosa que precisava ser lapidada. Os amigos perceberam, desconfiados, a mudez de Tewal.

Esporadicamente, quando não se consegue o que se quer, tende--se a aproximar-se de quem está próximo da pessoa desejada. Tewal fez isso, quer instintivamente ou não. Começou a se achegar ao francês. A amizade o fez superar o que residia de ciúmes no coração.

Baseado na amizade, vendo-a como honesta, o francês foi até a casa de Tewal para convidá-lo para um bar, com intuito de conversar. Na conversa, o jovem francês lhe revelou que os pais estavam para sair do país. Não se ambientaram ao Brasil. A outra revelação era a rejeição, por parte dos pais, de que namorasse Leciani.

Tewal o aconselhou a se abrir com Leciani. Por isso decidiram ir à casa dela, isso numa sexta à noite. Porém, o francês bebera mais do que o normal. Garantiu a Tewal que fazia parte da rotina tomar aquele tanto.

Seguindo a estrada de chão, bastante acidentada, o carro sacolejava. O francês não tinha tanta habilidade em terrenos desse tipo. Não havia movimento. Acelerou. No entanto, a certa altura perceberam que estavam fora de rota. Freou. Faria a volta ali mesmo. Ao levar o carro à marcha ré, as rodas traseiras afundaram. Precisava acelerar mais para movê-las. Ao pisar, o carro avançou demais, descendo uma ribanceira.

Por sorte, na capotagem, Tewal se manteve intacto, apesar de escoriações. Era pouco em relação à gravidade do acidente. O amigo não teve a mesma sorte. Os pés ficaram presos, quando o veículo bateu contra uma rocha. Gritou por Tewal, que se recuperava do choque.

Os gritos do amigo o alertaram para as chamas que se alimentavam do combustível. Correu para tirá-lo de lá. Buscou pelo extintor, mas este também estava preso. Em pânico, Tewal tentou, mas não tinha o que fazer. Maldizia-se pela incompetência. O francês gritava mais e mais, à medida que as chamas avançavam pelos pés. Lágrimas vinham ao rosto de Tewal, na luta para livrar o amigo do pior.

— Eu não quero morrer queimado! — pediu, em tom de clemência. — Empurre-me para o lago.

Tewal obedeceu. Usou de uma força descomunal, que jamais sabia existir em momentos como aquele. Não queria ver o amigo queimando. Certo alívio veio lhe acalentar, quando o carro se moveu.

— Mais, mais, estou queimando — gritava o francês.

O carro foi avançando, evitando uma explosão e eliminando as chamas. De repente outro desespero toma conta de ambos: o carro não parava de afundar. Tewal se pôs a segurá-lo, mas não tinha força suficiente. Ia sendo levado junto.

— Oh, Deus, ajude-me — apelava o francês.

Tewal, ao lado dele, fincado na água e lama, lhe dava esperança. Mas a água foi tomando o peito e o pescoço do amigo.

— Diga a Leciani que ela foi meu primeiro e único amor — falou, com água chegando à boca. — Não se culpe, amigo. Será melhor que o fogo. Você me salvou dele...

Diante de tanta força, Tewal escorregou. O carro foi afundando rapidamente. O amigo se debatia formando bolhas de ar. Pouco depois, não havia mais resistência. Era o adeus.

— Por quê, Deus? — gritou Tewal, olhando para o céu.

Embora tivesse sido um acidente, Leciani (ou Dalita) não viu desta forma. Para ela, Tewal o poderia ter salvado. Pusera na mente que este não agiu o suficiente, de propósito, por conta do ciúme. Aproveitou-se da situação. Jamais acreditou na inocência de Tewal.

— Lembro-me do que não fiz. Cometi erros, como todos, mas não por maldade. A morte do francês foi um acidente. Ele era meu amigo.

— O francês era a pessoa certa para mim. Tanto que procurei ser amada e feliz, e você tira minha metade. Depois daquele assassinato, minha vida desgraçou. Tentei outros amores, mas não tive correspondência. Tive um filho e o perdi. Nada deu certo na minha vida. Tinha um amor insubstituível: o francês. Ele era de quem precisava; nada mais. Há coisas que não dá para reparar, somente cobrar. Foi a partir de então que decidi me vingar. Encontrei no Rio de Janeiro, num bar, a pessoa perfeita, a qual montou a rede para a vingança: Dalita.

— Matar-me não vai mudar o passado nem o presente — tentou Tewal.

— Para mim pouco muda, mas para você e sua queridinha muda muito.

— Agora chega de conversa! Dalita, ou melhor, Leusa, leve um dos homens para se certificarem de que nada vai a atrapalhar. Verifiquem se a polícia não está por perto. Nos encontraremos no rancho. E, quanto a vocês dois, terão um minuto para se despedirem.

Fecharam a porta.

— E agora? — disse Jaquel, desesperada, abraçando-o.

— Temos que agir. Seja o que for. É melhor do que morrer passivamente.

— Mas como? Não temos armas.

— Mas tenho uma coisa — abaixou-se rapidamente, tirando o tênis.

Usou do tênis mais alto. Cavou por baixo da palmilha para que coubesse, sem prejudicar os movimentos. Tirou dele um canivete.

— E o que pretende fazer com ele? Tome cuidado para não morrer antes.

— Procure se colocar na frente de Dalita ou atrás dela. A qualquer tiro, abaixe-se.

— Sei. Assim vão acertá-la. Pode deixar.

— Mas antes, na entrada, tropece para deslocar um dos homens. Assim poderei agir.

— Pode deixar — falou, temendo o que viria.

*

Mais de um minuto transcorreu quando se reiniciou a movimentação nas proximidades da porta. Tewal e Jaquel se afastaram um pouco, com troca de olhares aflitos. A hora de salvarem suas vidas chegou. Tewal lembrou-se da força anormal que usara para tentar salvar o francês. Teria que repetir, agora para salvar Jaquel. Estava certo disso. O medo lhe fazia bem, no momento.

Próximos da entrada do rancho, Jaquel retardou o passo. Um dos agentes deu-lhe um empurram. Jaquel fingiu tropeçar, deslocando o homem atrás de Tewal. Num movimento rápido, se colocou à frente da porta. No mesmo instante, Tewal usou a confusão para passar o braço em torno do peito de Leciani e levar a ponta do canivete ao pescoço dela.

— Não atirem — gritou Tewal.

— Atirem mesmo assim — ordenou Leciani.

Jaquel abriu a porta para dar passagem a Tewal, o qual recuava usando Leciani como escudo. Assim que entraram, trancaram a porta.

Lá fora, Dalita ordenou que espalhassem gasolina em torno do rancho. Tacaria fogo. Apressadamente o fizeram.

— Liberem Leciani — impôs Dalita. — Caso não o façam, queimaremos o rancho.

Minutos depois, ganhando tempo, deixaram Leciani sair. Dalita ordena pôr fogo no rancho. As chamas iluminaram o local. O rancho ficou sob atenta observação, caso o casal tentasse fugir.

Contudo, não imaginaram que Tewal avisara a Licemar que Jaquel estava em perigo. Enquanto Tewal se dirigia ao local, Licemar avisou a polícia.

Antes que o rancho fosse tomado pelas chamas, a polícia, comandada por Dorberto Zilda, chegou furtivamente, surpreendendo-os. Leciani foi a única que revidou. Foi alvejada por dois disparos. Tewal e Jaquel desabaram porta afora, quase sufocados pela fumaça.

Dalita sentiu as algemas serem fixadas nos pulsos, sob o olhar de Jaquel. Leciani aguardava pela ambulância.

— Ela quer lhe falar — avisou um dos policiais, dirigindo-se a Tewal.

— Estou indo embora desta vida assim como meu amado francês — murmurou Leciani. — Peço-lhe que me faça um favor: providencie que se coloque na minha lápide a alcunha de "Pernas da mentira". Lembre-se de que gostava de você. E cuide de nosso filho. Dei a ele o nome de Tewal...

Tewal acenou com a cabeça, afirmativamente.

*

No dia seguinte, Licemar acorda cedo para fazer o café com alegria. O incentivo de Melli para um novo relacionamento estava em sua cabeça. Quando o repórter anunciou novas notícias da polícia, correu para perto do rádio.

— Pai, o que está acontecendo?

— Céli acabou de ser presa e o tal de Hernane também. O juiz Wladimir ainda não.

— Não me importa isso. Só quero o meu filho. Não consigo dormir.

— O juiz deve saber do paradeiro do bebê. Logo o encontrarão.

Batidas à porta os fizeram se entreolhar. Era muito cedo. Licemar foi atender, já que ela estava desarrumada.

— Bom dia! — disse Tewal, sorridente, com um bebê no colo.

— Jaquel! — gritou o pai, com satisfação. — Seu filho!

Jaquel correu, afoita.

Minutos de intensa alegria se sucederam.

— Pai, Tewal e eu formaremos uma família. Eu o amo. Quero que seja nosso melhor amigo. Você tem um netinho.

— Tenham a minha bênção — falou, emocionado, abraçando a filha. Quando ela lhe estendeu bebê, para que o tomasse no colo, ele verteu lágrimas de empolgação.

Tewal abraçou Jaquel, ambos sorridentes vendo a cena.